ロボ博士と妻

～悔恨からの再生～

目次

一、和尚とリフト

和尚《おしょう》の寺は、村道から少し石の階段を上った、山の麓《ふもと》にある。

開山の時期は不明であるが、言い伝えによれば、どうやら室町時代の中頃らしい。

もちろんのこと、今日まで何回も部分改修はあったものの、いかにも古めかしい様相《ようそう》を呈《てい》している。


いつの頃からか、和尚は村人たちに老僧と呼ばれるようになっていた。

「そう言えば、ワシがここの住職になって、ずいぶん経《た》つなあ」

日当たりのいい縁側《えんがわ》で、お茶を啜《すす》りながら、彼は感慨《かんがい》深げにつぶやいた。

「そうねえ。お父さん、それより、あのこと、早く返事しないと……」

「ああ、リフトの件ねえ」

「そう。昨夜も博士から電話があったのよ。『決心はつきましたか』って」

「やっぱり、お願いしようかなあ」

「そうよ、お父さん。もう設計図は出来上がっているんですって」

和尚夫婦が言うリフトとは……。

わずか五十段足らずの石段なのだが、年齢《とし》には勝てず、老僧にとってはこの上り下りが、とてもつらくなってきた。

手摺《てす》りを伝って、それでも途中で何度か、一息入れなければならない。

村人のほとんどが当寺の檀家《だんか》、ということもあって、和尚は忙しい。日に何回も、階段を往復することがある。

「ちょっとすまんが、足、揉《も》んでくれえ」

妻は、せっせと彼の足を揉んだり、湿布を貼ったり……。

思い切って、月賦《げっぷ》で買ったマッサージ器も使ってはいるんだが、どうしてもすっきりとはいかない。

そんな難儀《なんぎ》な姿が、いつとはなしに村人たちに知れわたってしまった。

「階段に沿って、リフトを取り付けたらどうでしょうか。山仕事なんかで使っている、あのモノレール式のを……」

檀家総代の寄り合いが始まっていた。

「いいですね。われわれを含めて、年寄りも増《ふ》えてきたし……」

「博士に頼んで、人も乗れるように、何とか工夫してもらいましょうよ」

と言うことで、本日の会議は終わった。

後は、和尚の承諾のみ。


早速、次の日曜日に、代表二人が博士の家を訪れた。

博士——工学博士の家は、和尚の寺の直ぐ近くにある。生け垣に囲まれた、築百年の、今時珍《めずら》しい茅葺《かやぶ》きの家。

博士は四年前、妻に先立たれて、現在は独り住まい。息子夫婦は都会に出てしまって、なかなか実家には戻れない。

「まあ、あの子たちも忙しいからなあ……」

それでも、よく電話して、安否《あんぴ》を気づかってくれるし、近所の人たちもよくしてくれて、なんとかその生活にも慣れてきたところである。

長年《ながねん》勤めた大学を、定年退職して、今は私大の講師に、週三日出ているだけ。

もちろん、彼も和尚の檀家である。そして、村人たちは、親しみを込めて、彼を博士と呼んでいる。苗字《みょうじ》で呼ぶ者はだれもいない。

「……と言うことで、ひとつお願い出来ませんか、博士」

「いいですよ。やってみましょう」

博士は、いとも簡単に引き受けてくれた。彼は、代表たちの話を聞きながら、そのプランを頭に描《えが》いていた。ロボットが専門の彼には、そんなに難しい問題ではなかった。

博士は直ちに、設計図の下書きから取り組み始めた。

現場の測量には、村人に手伝ってもらうことにした。

構想の基本として、市販のセットに改良を加えること。

人が乗れて、荷物も少し積《つ》めること。

雨天に備えて、フードを付ける。

操作は簡単にして、動力は電気にする。

速度は、人間の歩く程度。

レールは、既設の手摺りの反対側につける。

幸《さいわ》いなことに、博士の専門がロボット工学ということで、彼は大学の研究室で、学生たちとその試作にとりかかった。

お陰で、週三日の勤務が、毎日の通勤になってしまった。

しかし、博士は充実していた。

連日若い学生たちと、あれこれ言いながら、楽しく自分の専門に没頭《ぼっとう》できる。完成したら、老僧をはじめ、多くの人に喜んでもらえる……。

電動のセットに作り替えるのに、少々てこずったけれど、まあ何とか乗り越えることができた。

「和尚の境遇《きょうぐう》も、私の場合とちょっと似たとこあるなあ。あの年齢《とし》になって、気の毒に……」

通勤の電車の中で、ふと博士は思った。

「うちと同じで、和尚の息子夫婦も、都会に出て行ってしまったし……。彼が定年になるまで、和尚夫婦はがんばるしか仕方がないか……」


セットは、完成した。

取り付け工事は、総代が工務店と交渉してくれた。

博士は、現場の立ち合いをすることになった。

工事は、約二週間で完了した。


そして、今日は、始運転！

和尚夫婦はもちろんのこと、村人たちの多くが集まってくれた。

博士の研究室の学生が二人、うれしそうにやって来た。

初回は、学生にレバーを握ってもらうことにした。手伝ってくれた学生に、花を持たせてあげたかったからだ。

フードを開けて乗り込んだ学生は、まずスイッチ・オン。次いで、レバーを押すと、ゆっくり、車体が動き始めた。

博士が心配していた、歯車の噛《か》み合う音は、ほとんど気にならないぐらい小さい。

レールを上り切った所で、レバーを引くと、車体は静かに止まった。

上で乗り替えた学生が、反対側にも取り付けてあるレバーを操作《そうさ》して、集まったみんなの前に下りて来た。

「成功や！　バンザーイ！」

だれかが叫んだ。村人たちは拍手して、学生を迎えた。

「博士、ありがとうございます」

みんな、そう言って感謝してくれた。

「私が乗った後、皆さんも、どうぞ」

博士は、いそいそとリフトに乗り込んだ。

老人たちも、学生に教えてもらって、順番に乗ってみた。

「ヒャー、えらい簡単！」

「私も、今度から、これ使わしてもらお」

そんなことを、ガヤガヤしゃべりながら。

「アレー、かんじんの老僧、未《ま》だやで！」

ニコニコしながら、木陰に立って、和尚は村人たちを見ていた。

「これは申し訳ない。老僧、どうぞ」

ということで、結局、和尚が一番後回《あとまわ》しになってしまった。

「いやー、ほんとにありがたいことで」

和尚は満足していた。


「なんだかこの頃、老僧のお経、ありがた味《み》が増してきたねえ」

「やっぱり、修養の所為《せい》かも知れん」

最近になって、こんな噂《うわさ》が村中に拡がってきた。

若かった和尚は、几帳面《きちょうめん》な性格そのままに、一語ずつ明瞭《めいりょう》なお経をあげていたが、ここ数年、入れ歯も合わなくなって、時々、「フガ、フガ」した発音が混じる。速度も落ちた。

それに、一週間ぐらい前から、「スー、スー」も加わって、なるほど、これはありがたく聞こえる。

「老僧、悟《さと》りを開《ひら》かはったのと違うか？」

こんなことを言う者まで出てきた。

「ふーん、悟り、ね。よし、一度和尚に会って、教えを乞《こ》うことにしよう」

妻を亡くして未《いま》だ心が癒《い》えず、悔恨《かいこん》の思いに悩んでいた博士は、思い切って、心の中《うち》を和尚に聞いてもらうことにした。


「あれっ、老僧、どうかされたのですか？」

挨拶をした博士は、和尚の顔を見て、ビックリした。

前歯が二、三本、欠けて無い。おまけに、和尚の唇《くちびる》が腫《は》れているではないか。

「いやー、それが、全くお恥ずかしいことで……」

和尚は、はにかんで、ヤカン頭を掻《か》いた。

夫人の話すところによれば――。

この前、みんなに取り付けてもらった新設のリフト。和尚はその操作に慣れて、もう毎日が浮き浮き。

「ほんまに、ありがたいことや。楽《らく》させてもろうて」

それで、いそいそと、檀家の月参《つきまい》りに出かけていたんだが……。

先日、法要の後の会食で、とうとう断《ことわ》り切れずに、少しばかりお酒を頂いてしまった。

もともと、アルコールに弱い体質の上に、持病の神経痛には良くない、ということで、医者からも飲酒を止《と》められていたのに。

「やれやれ、無事《ぶじ》に終わった。ナマンダー」

独《ひと》り言《ごと》をつぶやきながら、リフトのレバーを押した。車体はゆっくり上って行った。

……が、どうしたことか、終点の手前でレバーを引いて、ストップをかける筈《はず》が、また押してしまったらしい。「押す」は「前進」。「ガッシャーン！」

えらい音がして、車体は車止めに衝突して、それでも、なんとか止まった。

和尚は、枠組《わくぐみ》のフードに、イヤというほど、顔をぶつけてしまった。——

「で、結果がこの有《あ》り様《さま》で……」

「申し訳ない、老僧。もっと扱《あつか》いやすいように、何とか改造してみますから」

「いや、いや、ワシの不注意です。どうぞ気になさらないで」

夫人の入れてくれたお茶を飲み干すと、博士はそそくさと、我が家《や》に戻《もど》って、改造のプランを練《ね》り始めた。

そして、自分の相談事《ごと》は、すっかり忘れてしまっていた。


改造は、思ったより簡単に出来た。

車体の前後に、センサー（感知器）を取りつけてみた。

終点の手前で、センサーが働いて、車体は減速し、やがて自動停止する。

だから、操作は、始動のスイッチを入れるだけ。

早速、車体をレールに取り付けて、試運転してみた。

快調！　設計通りに動いてくれた。

二、コンビニロボ

和尚の体力は、近頃、急に衰《おとろ》えが目立つようになってきた。

まず出て来たのが、お経の飛ばし読み。

この前の日曜日、ある檀家に頼まれて、本堂で法要を営《いとな》むことになったのだが……。

長いお経をあげているうちに、目がショボショボしてくるし、しまいに、疲れが出てきたのか、眠くなって、あちこちお経を端折《はしお》る始末。自然にそうなってしまう。

それでも、終わりに近づくと、身体もシャンとして、うまく締《し》めくくることができた。

「かあーちゃーん、終わったでー」

「ハ、ハーイ、ただいま！」

慌てて、お茶の準備をする夫人。いつもより十分《じゅっぷん》ぐらい早い。

「また、飛ばし読みしてる！」

ブツブツ文句を言いながら……。

「今日のお経、なんだか早かったみたい」

「足がシビレなくて、よかったよ」

そんなことを言って、喜ぶ檀家もいたけれど……。

朝も、なかなか起きづらい日がある。

普通なら、六時にはお勤めを始めるのだが、どうしても、身体が持ち上がらない。

まあ、そんな日には、夫人が代わってお経をあげたりしていたけれど、度重《たびかさ》なってくると、やっぱり具合《ぐあい》が悪い。

「あれ、今日は、奥さんですか?」

「老僧、どうかしはりましたの?」

村人たちは、早朝からお墓へお参りに来たり、仏花や野菜を届けてくれたりする。

その都度《つど》、言い訳じみた説明をしなければならない。

そんな噂を聞いた博士は、ある日、寺を訪れた。

「老僧、グッドアイディアがありますよ」

どんな提案か、と思ったら、何のことはない、和尚のお経をテープに録音して、スピーカーで流すだけ。もちろん、そこには鈴《りん》や木魚《もくぎょ》、それに鉦《かね》の音も入るんだが。

そして、それをタイマーにセットする。朝ちょうど六時に、お経が流れる仕掛け。

「うーん、ありがたいけど、何だか、ちょっとねえ……」

「いや、老僧ね、具合の悪い時だけ、スイッチを入れたらいいんですよ」

「……」

「お父さん、お願いしてみたら……。ねえ、博士」

弱気《よわき》になっていた和尚は、とうとう納得《なっとく》してしまった。


セットは、完成した。そして、スピーカーも取り付けられた。

しかし、和尚は、がんばった。

「機械なんか使ったら、それこそ、仏様や檀家に申し訳ない」

こんな思いを抱きながらも、やはり何回かは、セットに頼らざるを得ない時があった。


そのうち、村中《むらじゅう》がザワザワして、何だか落ち着かなくなってきた。

檀家総代たちが、当惑しながら、寺にやって来た。

「老僧、やっぱりあのスピーカー、止《や》めたらどうですか？」

「それはまた、どうして？」

彼らの言う所によれば、あのスピーカーを通したお経に、二通《ふたとお》りの反応があるらしい。

年寄りたちは、朝のお経を聞いて、

「ああ、ありがたいことや。今日も仏様が見守っていて下さる！」

そう思って、心穏《おだ》やかに、一日を始めることができるそうだ。

ところが、若い人たちは、違っていた。

「えーっ、朝から葬式やなんて！」

「気色《きしょく》悪うー！」

どうやら、お経イコール葬式、と思っているようだ。

中には、「ナマンダブ」が、こだまの所為《せい》か、変な風《ふう》に聞こえてくる、と言う者までいるし……。

「若者たちに、もっと仏教を説《と》く機会を増《ふ》やさんと……」

「ワシも、そうは思っているんじゃが、この身体ではねえ……」

和尚は、悲しそうだった。

で、結局、外向《そとむ》きのスピーカーは取り外《はず》して、本堂内だけ、ということになった。

今度は、老僧の夫人が、足を負傷してしまった。

「奥さん、一体どうしなさったの!?」

足を引きずりながら、村の中を歩いていた夫人に、農婦が言った。

「ええ、それが、その——……」

夫人は、事情を説明しない訳にはいかなかった。

足が不自由な老僧に代わって、夫人は時々、夕《ゆう》べの鐘《かね》を突《つ》いていた。ちょっとした鐘楼《しょうろう》の階段を上って、撞木《しゅもく》の綱《つな》を引く。そんなに大きな鐘ではないが、余韻《よいん》がとても素晴らしい。

「ゴーン……ゴーン……」

柔《やわ》らかな響《ひび》きが、田畑や小川の上を、そして林の中を、緩《ゆる》やかに流れて行く。

「さあ、一日が終わりましたよ。みんな、ご苦労様」

昔は、そんな風《ふう》に聞こえていたのかも知れない。

ところで、先日、雨の中で鐘を突き終えた夫人が、慣れた石段で、足を滑《すべ》らせてしまった。

薄暗かったし、階段も雨で濡《ぬ》れて、思えば、ほんとにおぼつかない足どりだった。

「私もやっぱり、年齢《とし》やろか……」

痛さよりも、夫人は、そちらの方にショックを受けた。

まあ、骨に異常は無さそうだし、ということで、塗《ぬ》り薬だけで済ませておいたのだが、しばらくの間、やはり不自由だった。

気がついたら、右腕も変だ。頭の上まで、手が上がらない。

「あの時、身体を無理に支《ささ》えたからだわ」

そんなことを聞きつけた博士が、またお寺にやってきた、新しいプランを持って。

『自動鐘突き機』

彼の設計図には、英語でメモが書かれていたが、和訳《わやく》したら、こんな命名になる。

テーブルの上に図面を拡げて、博士はその概略を説明した。

「……ね、簡単なモノでしょう。これくらいなら、私一人の手間《てま》で取り付けられますし」

「いつも、博士にはお世話になって……」

和尚はもう、乗り気になっていた。

「後は、何秒置《お》きに鐘を突くのが最適か、その測定だけですから」

風雨や雪など、気象条件や、和尚夫婦の都合を考えて、スイッチ・オンにすればよい。

「せっかく取り付けても、あの和尚のことだから、できる限り、自《みずか》ら鐘を突こうとするだろうなあ」

博士は、そんな風《ふう》に感じていた。

「ところで、今うちの大学で、介護用の自動洗体機と、それに洗髪機も開発中なんですけど、試作機が出来たら、ここで使ってもらえませんやろか。使用データが欲しいんです」

突然博士は、こんなことを言い出した。

「何だかよく分からんけど、博士のお役に立つようでしたら、どうぞそうして下さい」

博士は夫人に頼んで、持参の巻き尺で、浴室の実測にとりかかった。

「うん、これならイケル！」

洗い場は、普通のサイズよりも、かなり広くとってある。


あれから十日ほど経《た》った休日。

博士は一人の学生と共に、何やら荷物を抱えてやって来た。

「ヨイショ、ヨイショ。老僧、取り付けに参りましたぁー」

「これは、これは、ご苦労様です」

博士たちは、早速、自動鐘突き機をセットし始めた。

撞木《しゅもく》を引っ張るモーターが、少し重いけれど、なんとか鐘楼の内部に収まった。

庫裏《くり》のスイッチを、夫人に入れてもらうことにして、和尚と博士たちは、鐘楼の下で待機した。

「ハーイ、奥さん、どうぞ！」

「ゴーン……ゴーン……」

うまく作動した。きっちり、六つ鳴った。間隔《かんかく》も良い。だから余韻が素晴らしい。

「なかなか、見事ですなあ！」

和尚は、いたく感動していた。

「老僧ッ、だいじょうぶですかッ！」

村人が四、五人、息を切らせながら、階段を駆《か》け上がってきた。

「いやー、これは申し訳ない。鐘のこと、連絡するの、コロッと忘れてた」

「こんな時間に鳴《な》るもんやから、ビックリした！」

「老僧に何か起こった、と思って……」

「いやー、スマン、スマン」

頭を掻《か》きながら、和尚は事の経緯《いきさつ》を、村人たちに説明した。

博士たちが、トラックで、お寺の駐車場に乗りつけたのは、自動鐘突き機以来、二か月余り経《た》った頃だった。

事情を聞いてやって来た村人たちが、学生二人といっしょになって、重たい機器を運び上げてくれた。

まず、自動洗体機――ほんとうは、もっと格好いい呼び名を、学生たちは付けていたのだが――を、浴室の洗い場に置いてみた。予測どおり、なんとかうまく収まった。

電気も、給水のパイプも繋《つな》がった。

学生がその使い方を、和尚たちに説明してくれた。博士は、みんなの後《うしろ》に立って、うれしそうに見守っていた。

――最初、好みの温度にセットしてから、給湯のボタンを押す。適量の湯が浴槽《よくそう》に入った所で、ブザーが鳴って、給湯が自動的に止まる。

脱衣場《だついば》に取り付けた温風器で、前以て浴室も暖《あたた》めておくこと。

浴槽で身体が温《あたた》まってきたら、この洗体ボタンを押す。すると、適度のセッケン液が注入されると同時に、多数のノズルから空気が吹き込まれて、中のお湯が回転し始める――「ほら、このとおりです」と学生。

「これって、どこかで見たことあるなあ」

村人の一人が言った。

「そうです。このアイディア、実は、洗濯機から拝借《はいしゃく》したんですよ」

博士は、ちょっと照れくさそうだった。

「これでほんとうに、身体が洗えるんですか？」

「ハイ、学生諸君で実証ずみですから」

——次に「すすぎ」のボタンを押すと、自動的に排水しながら、周囲のノズルから、温《あたた》かいシャワーが吹きつけて、身体のセッケンを洗い流してくれます。

適当なところで、今度は温風のボタンをおせば、ノズルからの風で、身体を乾《かわ》かすことが出来ます。

それで、浴槽から出て、直ぐに下着など身につけられますし、もう一度お湯に浸《つ》かりたければ、シャワーの後、給湯のボタンを押していただくだけでいいのです——

二番目の学生は、丁寧《ていねい》な言葉づかいで説明した。

「へえー、うまく出来てるなあ」

「ボタン押すだけで、後は全部やってくれるなんて！」

村人たちは、驚いたり、感心したり……。

「かあちゃん、今夜、これ使わせてもらい」

「えーっ、お父さんが先でしょ」

和尚夫婦は、自信が無いのか、それとも気味悪がっているのか、互いに押しつけ合いをしている。

「だいじょうぶですよ。もし何《なん》なら、今夜入浴時に寄せていただきましょうか？」

ニコニコしながら、博士は言った。


次いで、自動洗髪機の取り付けにかかる。

もちろんこの機械にも、学生たちは別の命名をしていたのだが……。

浴室内には、もうこれをセットする余地がなかったので、廊下の隅《すみ》へ置くことにした。

そして、早速夫人に試《ため》してもらうことになった。

「これは全自動ですから、始動のボタン一つ押すだけですよ。奥さん」

博士は、自信ありげに言った。

——夫人は、首にタオルを巻きつけて、恐る恐る洗面台に頭をつき出した。

「ハイ、ボタンを押して下さい」

かすかに始動の音がして、適温のシャワーが、夫人の頭部に注がれた。

しばらくすると、ノズルが下がってきて、シャンプーが少量噴出。次いで、別の腕が伸びて、洗髪にかかる。お椀《わん》の形をしたスポンジが、自在に動いて髪を洗ってくれる。

やがて、再びシャワーが注がれて、シャンプーを洗い流し、ドライヤーで、自動的に髪を乾かせてしまう。

ブザーが鳴って、機械は止まった。この間、きっちり七分。

各セットは、上部と両側にちゃんと収まっている。ちょっとした囲《かこ》いが付いているから、床《ゆか》に水滴が飛び散らない。——

「時間と湯温の調節は、ここのボタンでセットできますし、シャンプーの補充も、ここから簡単に入れられますから」

鏡を見ながら、満足げに櫛《くし》を使っている夫人に、博士は説明した。

「ああ、さっぱりしたわ。お父さんも……」

と言いかけながら、和尚の頭に目をやった夫人は、続く言葉を飲み込んでしまった。

「なるほど、老僧のチャビン頭にはねえ」

口には出さなかったけれど、そんなことに今頃気がついた自分に、博士は笑いをこらえて、ニヤニヤしていた。

「腕が上がりにくいから、ほんとに助かりますわ」

夫人は、博士に感謝した。

三、ロボちゃん

まあ何やかやと忙しかったけれど、変なものも含めて、博士の発明のお陰で、和尚夫婦をはじめ村人たちのお役に立って、博士は充《み》たされた日々を過ごしていた。

そしてその間《かん》、博士は妻を亡くした悔恨《かいこん》や、寂寥感《せきりょうかん》に悩まなくてもよかったのだが……。

やっと平常の日課に戻ったら、やっぱり独り住まいの侘《わび》しさが、ひしひしと身にこたえてくる。

家では、誰も話しかける相手がいないから、つい独り言《ごと》が多くなってしまう。

「なあ、おまえ、たまには夢にでも出てきておくれよ」

仏壇にお供えを済ませた博士は、妻の遺影につぶやいた。

「そうだ、あれをやってみよう」

ふと博士の頭に閃《ひらめ》くものがあった。

「少しは気持ちが安らぐかも知れん」

博士の構想とは――

〝博士の呼びかけに反応する、発声や動作を伴《ともな》った人体ロボットの製作〟目的は何だったかは忘れたけれど、彼は前に、人の関節について、工学的に研究をしていたことがあった。

「あの資料を参考にしてみよう」

と言うことで、今期の講座を「人体ロボのメカニズム」に決めてしまった。

今回の研究は、かなりな難関が予想される。学生たちはもちろん、博士も意気込《いきご》みを新《あら》たにして、取り組むことになった。

グループは、二班に分けられた。

A班は、関節の動きを中心にした構造部門を受け持つ。

B班は、主として音声部門。音声の認識と発声を担当する。

A班の学生たちは、工場内の産業用ロボットや、作業車の構造を参考に、博士の研究の成果を加味して、設計していった。

しかし、早々《はやばや》と壁につき当たってしまった。人間の「歩く」という動作が、いかに複雑で微妙《びみょう》なことか。

関節が曲がって、片足立ちになった所で、バランスを失って倒れてしまう。

やっとのことで、残った足の方に重心を移動させる装置ができたと思ったら、今度は、踏み出した足が宙に浮いたまま、床《ゆか》に着かない。

「先生、やっぱり無理ですわ。『歩行』は止《や》めて、車輪での移動にしたらどうですか」

遂に学生たちは、音《ね》を上げてしまった。

「もうひと息だよ。がんばってみよう」

学生たちを励《はげ》ましながら、博士もあれこれ方策を立ててみた。

足を踏み出すと同時に、重心を前方に移す、そんな仕掛けを加えてみたら、案外うまくいったけれど、人間のように、床《ゆか》や地面を蹴《け》って前進、という訳にはいかない。

結局、重心の移動で「歩く」という、妙な格好になってしまった。

だから、足もかなり大きく、足裏には滑《すべ》り止《ど》めのためにキャタピラを取りつけた。

腕は関節を曲げながら、上下するだけの簡単な構造にしておいた。

実は、みんなくたびれてしまって、

「今回は、まあこの辺にしておきましょう」

ということになったんだが……。

B班の取り組みは、スムーズに進行していた。

博士の声を分析して、その認識セットを組み込む。だから、同じ内容の呼びかけでも、他人の声には反応しない。

学生たちの総意で、この人体ロボットを、『ロボちゃん』と命名することは、早くから決まっていた。

ロボット使用の第一の目的が、〝独居老人の慰め〟だから、博士とロボちゃんの、日常の挨拶から始めてみよう、ということになった。

早速学生たちは、簡単な会話の一覧表を持って、近くの附属小学校へ出かけた。小学四年生ぐらいの、女の子の声で録音するために。

初めは、成人女性の声を予定していたのだが、やはり〝あどけなさ〟の方が癒《いや》されるのではないか、という結論に従って。

やがて、会話のチップがロボちゃんに装着されて、試運転が始まった。

博士の呼びかけは、「ロボちゃん」「行ってきます」「ただいま」「おやすみ」

それに対するロボちゃんの返事は、〝イッテラッシャイ〟〝ハイ〟〝オカエリナサイ〟〝オヤスミナサイ〟

「ちょっとすまんが、〝ワカリマセン〟と、〝オハヨウ、パパ〟を加えてもらえないかねえ」

博士は恥ずかしそうに言った。

「いいですよ、先生。けど、〝ワカリマセン〟は、どんな時に……」

「いやね、どうも私は独《ひと》り言《ごと》をしゃべるクセがあるらしいんだよ」

「……?」

もともと博士には、独り言を話す傾向があったのだが、妻を亡くして以来、それが余計《よけい》にひどくなったらしい。

「あれ、今日もお客さんですか、博士?」

この前も、野菜を届けに来てくれた近所の婦人に、こんなことを言われてしまった。

「いいえ、別に誰も……」

「だって博士、大きな声で、どなたかと話しておいででしたよ」

博士は、またいつものクセが出てしまったようだ。これでもう、何回目だろう。

だから、もしいつものクセが出たら、ロボちゃんは困ってしまうだろう、そんなふうに博士は思っていた。


ロボちゃんの組み立ては終わった。

「先生、いいですか。始めますよ」

リモコンで、スイッチ・オン。動力は、蓄電池を埋め込んである。

〝前進〟のボタンで、ロボちゃんはゆっくり足を運んだ。歩巾は二十センチぐらい。

上体が少しぐらついてはいるが、まあ倒れることはなさそうだ。

重量もできるだけ軽くしてあるから、「ドシン、ドシン」といった音はしない。

〝ストップ〟のボタンで、ロボットは止まった。

「ロボちゃん」

〝ハイ〟

「行ってきます」

〝イッテラッシャイ〟

「おお、なかなか調子がいいね」

〝ワカリマセン〟

「先生、余分なことを言ったらダメですよ」

博士は、学生に注意された。

〝回転〟のボタンを押したら、ロボちゃんは、くるっと半回転して、反対側を向いてしまった。

足首のギア（歯車）で、方向転換させるようにセットされていた。今の技術レベルでは、とても人間のような動作を再現できないからだ。

「これね、しばらく私の家で使ってみたいんだけど……」

「いいですよ、先生。身長も一四〇センチしかありませんから、今週の土曜日に、車で運ばせてもらいます」

学生たちは、そう言ってくれた。


予定どおり、ロボちゃんが博士の家に運び込まれた。

博士の入れてくれたコーヒーを飲みながら、しばらくの間雑談を交《か》わしていた学生たちは、ロボちゃんを廊下に立たせたまま、帰って行った。

「うん、なるほど、家の中に置くと、なかなか立派に見えるなあ」

博士は、ひとり悦《えつ》に入《い》っていた。

しかし、あまりにも本体の構造が、むき出し過ぎる。

「そうだ、あれにしてみよう」

ブツブツ独り言をいいながら、博士は、亡き妻の服と帽子を探し出してきた。

独り住まいになって、しばらくしてから、博士は妻の遺品の始末《しまつ》に取りかかったのだが、何だか段々侘《わび》しくなって、途中でもう止《や》めてしまった。

「何もかも処理してしまったら、妻の存在感まで無くなってしまう！」

そんな思いでいたのだけれど、ふとその辺を開けて、妻の持ち物が目に入ると、やっぱり、グッとこたえる時がある。

「こんな、どっちつかずの気持ちって、いつまで続くのやろ……」

博士は困惑気味であった。

そんなモヤモヤから逃れるために、博士は自《みずか》らを忙しく、駆《か》り立てているのかも知れない。

「おう、これは、これは！」

服と帽子を身につけてもらったロボちゃんは、生前の妻を思わせる雰囲気《ふんいき》を漂《ただよ》わせていた。

博士は、いろいろ実験してみた。

ロボちゃんは、〝ハイ〟の返事をしながら、首を縦《たて》に振《ふ》る。そして、〝ワカリマセン〟では、首を左右に動かすことができる。

「ロボちゃん」

〝ハイ〟

「きみ、とても可愛いよ」

〝ワカリマセン〟

首は、見事に動いた。

次いで、博士は〝前進〟のボタンを押した。ロボちゃんは、少しふらつきながら、そろそろと歩いた。人の歩く速さには、とても及ばないけれど。

廊下の端まで行ったら、ロボちゃんは、自動的に止まった。予《あらかじ》め、センサーを取り付けておいたから、前方の障害物を感知して、歩行をストップさせたのだ。

「うん、結構、けっこう」

〝ワカリマセン〟

ロボちゃんはそう言って、首を左右に振った。

〝回転〟と〝前進〟のボタンを押した博士は、疲れが出てきたのか、畳《たたみ》の上に大《だい》の字になって、寝転《ねころ》がった。

ロボちゃんは、くるっと半回転して、また歩き出した。

「キャーッ！」

えらい声がして、ドスンと何か落ちる音がした。

びっくりした博士は、慌てて玄関の方へ走った。

「出たあ！　ユ、ウ、レ、イ……」

腰を抜かして、へたり込んだ隣家の主婦が、目をむいて、口をパクパクさせているではないか！

「奥さん、しっかり。だいじょうぶですよ。これ、ロボットだから」

博士は、婦人を抱き起こしながら言った。

回覧板を持って来てくれた主婦が、入り口の戸を開けた途端、亡くなったはずの博士の奥さんが、ゆっくりこちらへ歩いてくる、無言のままで……。

まあ、こんな情景だったらしい。

「博士、いい加減にして下さいよ！」

やっと平静《へいせい》さを取り戻した主婦は、博士に文句を言った。

「いやー、ごめん、ごめん。実は……」

博士は申し訳に、ロボちゃんを作った経緯《いきさつ》を説明した。

そして、そこで止《や》めればいいものを、博士はロボちゃんの実演を、主婦に披露《ひろう》した。

「申し訳ないけれど、博士、やっぱり、ちょっと気味が悪い……」

「そんなもんかなあ。傑作《けっさく》だと思うんだけどねえ」

「博士、声に合わせて、子供さんの服にしたらどうですか」

「なるほどねえ」

で、主婦は早速、村中をまわって、小学生の女の子の古着と帽子を、探してくれることになった。


ロボちゃんは、夜になると、博士の寝室へ連れて行かれた。

「ロボちゃん」

〝ハイ〟

「おやすみ」

〝オヤスミナサイ〟

博士は安心して、眠りにつく。

朝がきた。タイマーをセットしておいたから、ロボちゃんは、きっちり六時に始動。

〝オハヨウ、パパ〟

博士のベッドの一メートル手前で、立ち止まったロボちゃんが、元気な声で呼びかけた。

「うーん、むにゃ、むにゃ……」

〝ワカリマセン〟

この頃、どうも博士の寝起きが、よろしくない。心の深い所に、満《み》たされない思いが、沈殿《ちんでん》しているのかも知れない。

博士はしばらくの間、ベッドに寝転がったまま、ロボちゃんの改造計画を練《ね》った。

――〝前進〟〝回転〟〝停止〟等、ボタンから、音声での操作に切り換えてみよう。

ロボちゃんに、肩を叩いてもらえるよう、何とか工夫する。

それと、もう少し、会話の内容を豊かにしたい――

博士と学生たちは、ロボちゃんの改造に取り組みはじめた。

時には、夜食を食べながら……。そして、気がついたら真夜中、ということもあった。だからみんな、毛布なんかを持ち込んで、研究室で仮眠したり……。

お陰でロボちゃんは、少しずつ機能を増していった。


今日は、博士の講義の日。

「ロボちゃん」

〝ハイ〟

「行ってきます」

〝イッテラッシャイ、オキヲツケテ、ハヤクオカエリ〟

「おいおい、全部並べるなって!」

〝ワカリマセン〟

ロボちゃんが、可愛く手を上げて、送り出してくれたのは良かったけれど、組み込んだ言葉を、律儀に全部しゃべってしまった。

「〝イッテラッシャイ〟だけでは、なんか単調なんだよ」

そんなことを、博士が言うもんだから、気を利《き》かせた学生たちが、もう二つの言葉を追加してくれたのだ。

しかし、両者の思惑《おもわく》は、まるで違っていた。

博士は、日によってロボちゃんが、適当に一つの返事を選んでくれる、そう望んでいたのだが、学生たちは、一言《ひとこと》の挨拶だけで送り出されるのが、博士には寂《さび》しいのだろう、と思っていた。

だからロボちゃんが、連続して三つの言葉を話すように、セットしてしまった。

だが、どのようにしてロボちゃんに、言語選択能力を付けたらいいのか。問題は、かなり手強《てごわ》い。

「よし、あの〝ファジー理論〟の応用でいってみよう」

博士は、通勤電車の中で、そんなことを考えていた。

博士は久しぶりに、妻の夢をみた。

「キミね、あのヨモギ団子、また食べたいんだよ」

博士は妻に話しかけた。いつの間《ま》にか、〝おまえ〟から、〝キミ〟に変わっていた。

しかし、妻は無言で、悲しそうな表情を浮かべたまま、フッと消えてしまった。

ほんの数秒のことだった。

そして、博士は目が覚《さ》めた。辺《あた》りは真っ暗、物音ひとつ聞こえない。

「なんだ、夢だったのか」

博士は、枕元の電気スタンドの明かりを点《つ》けた。午前二時を少し回ったところだ。

「何か月《げつ》ぶりのことかなあ、家内の夢をみるなんて……」

「それにしても、どうして〝ヨモギ団子〟なんだろう?」

いつものクセが出て、博士は今みた夢の分析にかかった。

――そういえば、今日博士は、帰宅の途中で、見事な菜の花畑を目にしていた。

もう季節は、春の盛《さか》りであったけれど、この所、博士はずっと忙しくて、自然の変化に気がついていなかったようだ。

「そうだ、あれはちょうど、こんな季節だったなあ」

博士は、遠い昔の出来事を、懐かしそうに思い浮かべた。

亡くなった妻と交際していた頃、菜の花の咲く時期になると、妻はいつも、ヨモギ団子を持ってきてくれた。

彼女のお母さんといっしょに、心を込めて作ってくれた、あのヨモギ団子！

「おいしかったなあ」

団子の色は、菜の花と同じ。キナコの黄色は、花の色。そして、団子の緑は、葉っぱの色。

妻を亡くした博士は、その季節になると、思い出したように、時々買ってはみるんだが、やっぱり、あのおいしさには、とても及ばない。

「もう一度、妻の手作りの、あの団子を食べたいなあ」

もう無理なことは、よく分かっているのだけれど……。

「そうだ、あの印象《いんしょう》も影響《えいきょう》しているかも知れない」

亡くなった妻の服を着たロボちゃんに、驚いて腰を抜かした隣家の主婦が、やっと探し出して、持って来てくれた、あの服！

小学生の女の子の、服と帽子を身に着けたロボちゃんは、ほんとに可愛らしい。

「そういえば、あの頃、家内はまだ二十歳《はたち》にもなっていなかった」

あどけなさの残った妻の表情が、ロボちゃんを見ているうちに、知らず知らず思い出されていたのだろう。——

「あーあ」、特大のため息をつくと、博士は明かりを消して、布団《ふとん》にもぐり込んでしまった。


いろいろな機能が、ロボちゃんに付け加えられていった。

家にいる時、博士はいつもテレビを見ながら、ひとりで食事をしているのだが、なんだか味気《あじけ》なくて、直《す》ぐに箸《はし》を置いてしまう。

まあ時には、テレビに向かって、独り言をしゃべることもあるけれど、やっぱり食べる量が少なくなってしまった。

お陰で、通《つう》じも悪くなった。

「これでは、アカン」

そう思って博士は、たまには調理場に立ってみるのだが、どうも気がすすまない。

「私の脳細胞には、料理の部分が欠けているんだろう」

博士は、そんな言い訳じみた納得の仕方をしている。

心配した博士の姉が、時々彼の家を訪れて、あれこれ料理をしてくれる。

楽しく話しながら、二人で食事をしていると、いつの間にか時間が経《た》って、博士の食もすすむ。

妙なことに、いつもそうなんだが、食事が済むと、博士は直ぐにトイレに駆け込む。

「しゃべったり、笑ったり、それに食べる量も自然に多くなって、消化器官がうまく働くのだろう」

博士は、便器に座って、分析してみた。

「そうだ、ロボちゃんや」

食卓の向こう側に、ロボちゃんを連れてきた博士は、彼女に話しかけた。

「ロボちゃん」

〝ハイ〟

「座って」

ロボちゃんは、膝《ひざ》などの関節を曲げながら、中腰の姿勢になった。そして、そこで止まった。だから、椅子《いす》は不要。

「なあ、ロボちゃん」

〝ハイ〟

「菜の花が咲いたよ」

〝ワカリマセン〟

あれっ、と思って、博士は、ロボちゃんの首に吊《つ》り下《さ》げられている、対話の一覧表に目をやった。

学生たちが、いろんな場面を想定して、対話を増《ふ》やしてくれたのだが……。

「やっぱり、無い！」

〝ワカリマセン〟

博士は慌てて、スイッチを切った。

「そら、無理だよなあ」

老眼鏡の目をショボつかせながら、博士はまた、独り言をつぶやいた。

「ロボちゃん」

〝ハイ〟

「肩、叩《たた》いて」

性懲《しょうこ》りもなく、博士は、またスイッチを入れて、ロボちゃんに頼んだ。肩叩きの機能を、確かめたかったのだ。

ロボちゃんは、軽快なリズムで、左右の手を上下した。力の強弱は、リモコンで調節できる。

しかし、困ったことに、ロボちゃんの手が、博士の両肩にうまく当たらない。

「まあ、試作品だから、仕方がないか」

そう思って、博士は、ロボちゃんの手の位置に、自分の肩を合わせることにした。

初めは、右肩だけ。しばらくしたら、博士は身体をずらせて、左肩を叩いてもらう。

「このやり方《かた》って、何かと似ているなあ」

すぐに、博士は気がついた。

「うちの便座の、洗浄器と同じや！」

そういえば、博士はいつも、用を足した後、洗浄器のボタンを押して、お尻を前後左右に振っているではないか。

「ロボちゃんの肩に、もう一つギアを組み込んでみよう」

博士は、そんなことを、思案していた。

「ありがとう、ロボちゃん」

〝ワカリマ……ハイ〞

ロボちゃんは、一瞬、返事に困った。博士が、まだセットされていない言葉を、しゃべったからだ。

「『ありがとう』――〝ハイ〞も、付け加えることにしよう」

考えてみたら、ロボちゃんは改造のために、何回ぐらい研究室と博士の家を、往復させられたのだろう。

しかし学生たちは、ロボちゃんの運搬を、面倒くさがっているふうにはみえない。

むしろ、楽しみにさえしているようだ。

理由は、いろいろある。

まず、博士の家の周囲には、豊かな自然が残っている。

中でも素晴らしいのは、水郷《すいごう》地帯だ。葦《よし》に囲まれた水路が、縦横《じゅうおう》に走っていて、あちこちに沼や、ちょっとした湖がある。

だから学生たちは、車で運んできたカヌーを浮かべて、自由に水路を楽しめる。水鳥も種類が多い。魚釣りもできる。

水に飽きたら、周囲の山に登ればよい。低いけれども、すばらしい山並みだ。

そして、食事がまた楽しい。

「先生、今日は天気がいいから、庭でバーベキューしましょう」

そう言って学生たちは、用意してきた食材やセットを取り出した。それぞれ分担して、手際《てぎわ》よくすすめていく……。

「キミたち、慣《な》れたものだねえ」

博士は感心して、学生たちの側《そば》で、ウロウロしていた。

すごい煙と匂《にお》いが立ち込めたけれど、まあ田舎《いなか》の広い庭だから、周囲に気兼《きが》ねすることはない。

「先生、できましたよ」

「そうかい。じゃあ、いただきましょうか」

そして、みんなでワイワイしゃべりながら……。

「なかなかおいしいねえ」

「先生、どんどんやって下さい」

いつの間にか博士は、普段の二倍近い量を、お腹《なか》に収めていた。


そのうちに、博士はだんだん、ロボちゃんに対する愛着を失ってきた。

一番の理由は、ロボちゃんには、臨機応変《りんきおうへん》が利《き》かないことだ。そんなことは、初めから分かっていたんだが……。

出かけの挨拶に対する反応も、結局、博士の声の高低に合わせる程度しか、現在の技術力では無理だ。

高音の呼びかけには、〝イッテラシャイ〟、中音には、〝オキヲツケテ〟、そして低音の時は、〝ハヤクオカエリ〟と、ロボちゃんは言ってくれる。

ロボちゃんの反応から、博士は逆に、自分の声の調子を知らされる。

当たり前といえば、そうなんだが、ロボちゃんには、喜怒哀楽《きどあいらく》を期待できない。

「これなら、犬の方がよっぽどマシやなあ」

博士は一時《いちじ》、犬を飼ってみようか、とも思ったのだが、留守《るす》の間の世話を頼める人もいない。

それに、少年時代に愛犬を亡くした、あの辛《つら》い思いが、骨身にしみている。

家族みんなで、いろいろ手を尽くしたのだが、声もだんだん弱っていって、とうとう夜中に息絶《いきた》えてしまった。苦しかったのだろう、愛犬は目に涙をいっぱい溜《た》めたまま……。

少年の博士は、泣きながら、山にお墓を作って、愛犬を埋葬《まいそう》してやった。

「もう生き物を飼うのは、止《や》めにしよう」

博士はロボちゃんを、研究室へ戻すことにした。

「あれ、先生、ほんとにいいんですか？」

「キミたちに、続けて取り組んでもらいたい課題が、いくつか出てきたし……」

ということで、ロボちゃんはとうとう、研究室の住人の一人になった。

ロボちゃんの研究を始めてから、かなりの月日が経《た》ったけれど、まあそれなりに成果もあって、学生たちの論文作成に、じゅうぶん取り込めるだろう。

とりわけ、重心の移動で歩を運ぶ、あの連動装置の開発は、大きな成果の一つと言えるのではないか、と博士は考えていた。


博士は最近、自《みずか》らの変化に気がついていた。

「どうも、以前の私に戻ったようだ」

ともすると、妻を亡くした悔恨《かいこん》にとらわれがちだったのだが、いつの間にか、心が落ちつきを取り戻している。

「そうか、亡き妻に話しかけるようになってからだ」

もともと、独《ひと》り言《ごと》のクセがあった博士は、いつとはなしに、妻の遺影に話しかけたり、就寝前に、その日の出来ごとなんかを、報告していたのだった。

「キミと話していると、心が安まるんだよ」

そして博士は、妻の夢を見なくなって久しい。

「たまには、夢に出てきておくれ。そして、楽しい話をしようよ」

なんて未練《みれん》がましいことを、博士は時につぶやくこともあるんだが……。

「まあ、しかし、こんなに話しかけたら、キミも天国で、ゆっくりできないかもね」

天国——そう、天国のお花畑で、妻は童心に帰って、楽しく遊んでいる。柩《ひつぎ》に入れてあげた、愛用の帽子と手提《てさ》げ袋を持って、あの歌を口ずさみながら……。

博士は、そんな情景を、心に描いていた。

妻は、低い垣根《かきね》をひょいとまたいだ、隣《となり》の世界で待っていてくれる、博士はそんなふうにも思っていた。

「私が充実した日々を過ごしていたら、家内も安心してくれるだろう」

ふと見上げた妻の遺影は、心なしか微笑《ほほえ》んでいるように思われた。

博士は今、二つの研究に没頭《ぼっとう》している。

一つは、もちろん、ロボちゃんの継続研究。もう一つは、水上歩行器の試作品。

水上歩行器の方は、直接ロボットには関係無いが、もうすぐ完成する予定だ。

板の替わりのフロート（浮き舟）と、ストックの先に球形の浮き玉が付いているだけで、歩行の仕方も、スキーとほとんど同じ。

「先生、これは爆発的に売れますよ」

「近い将来、きっとオリンピックの種目になる！」

それぞれ勝手なことを言いながら、学生たちは嬉々《きき》として研究に取り組んでいる。

「そんなにうまく、いくもんかねえ」

思わず博士も、ついニコニコ。

「そしたら、またロイヤルティー（特許権使用料）が、ドーンと入ってきますよ、先生」

博士はこれまでに、何回かのアイディア料やロイヤルティーを得た経歴をもっている。

しかし彼は、それらの金銭を、大学の会計に振り込んでもらうようにしていた。

博士の生活は、至《いた》って質素。だから、それらの収入を私的に流用するなんて、全く念頭《ねんとう》には無い。

それでも、博士の功績のお陰で、彼の研究室には、やや恵まれた予算が配分されていた。

博士や学生たちのこんな姿を、研究室のロボちゃんは、いつも微笑みながら見つめている。

四、博士の述懐

博士はいつものように、独《ひと》りでテレビを見ながら、食事を摂《と》っていた。

この所、学年末の休暇に入っていて、博士は連日家で、のんびり過ごすことができる。

炊事、洗濯、掃除などの家事を、そこそこなしながら、買っておいた本を読んだり、たまには庭の草を引いたり、あちこち修理なんかもしながら……。

それに、散歩や、食材等の買い物に出かけることも、博士の気分転換になっていた。


「やっぱり、土の上はいいなあ」

畦道《あぜみち》を歩きながら、博士はつぶやいた。

終戦前にこの地の親戚を頼って、都会から疎開《そかい》して来て以来、もう五十数年が経つのに、博士はここの景色に飽きたことがない。

それどころか、見るたびに、何か新鮮なものさえ発見しているのだった。

季節の移り変わりはもちろんのこと、その日の気象条件によっても、自然はその舞台に彩《いろど》りを添《そ》えて、博士の目を楽しませてくれる。だから彼は、大空の雄大な雲の芸術にも、散歩の足を止《と》めてしまう。

早春の、危なっかしい、新芽と若葉。
勢《いきお》いよく空に伸《の》びる、新緑の葦《よし》。
うだる暑さを謳歌《おうか》する、蝉と木立。
そして、冬枯《ふゆが》れの野原の向こうに、雪を纏《まと》った素晴らしい山並《やまな》み……。
「お父さん、そんなにたくさん、同じ写真ばかり撮《と》って、よくも飽きないわねえ」
妻はあきれていたけれど、博士にとっては、それぞれが魅力のある風景だった。
それに、生き物たちも賑《にぎ》やかだ。
主役を次から次に代えながらやってくる、大小様々《さまざま》な鳥たち。
カモ類やコハクチョウ、常駐組のカイツブリに川鵜《かわう》など、水鳥の種類も多い。
もちろん、雀《すずめ》に烏《からす》やトンビに、白鷺《しらさぎ》やゴイサギたちも交《ま》じってくる。
この前も、雉《きじ》の親子が一列に並んで、博士の前をひょこひょこ横切って行った。
トンボや蝶《ちょう》など、昆虫《こんちゅう》たちも元気だ。
そして、暖かくなると、蛇にイタチ、モグラや、時には狸まで姿を見せてくれる。

古い時代の水郷地帯だから、いろんな魚がよく釣れる。

鮒《ふな》、鯉《こい》、鯰《なまず》、鰻《ウナギ》、ハイ、ワタカ……。時々、亀やスッポンまで、針に掛かる。

でっかいタニシや、二枚貝まで釣ったことがある。

まあ時には、ヤカンやスリッパ、それに麦わら帽子や、古びた作業衣まで、上がってきたこともあった。

「どうして、こんなモノが釣れるんだろう」

と思ったけれど……。

当時は、田舟《たぶね》で農作業に出向いていたから、舟が揺れて落ちたのか、それとも風で吹き飛ばされたのだろう。

「そうだ、いつだったか、猫のミイラを釣って、たまげたこともあったなあ」

博士はそんな情景を、思い浮かべていた。

「超特大の鯉《こい》に引っ張られて、泥深い沼にもはまったし……」

たまに釣れる鯉は、五、六十センチ程度。だから博士は、油断していたのだ。

リールや竿を操《あやつ》りながら、もう二十分も経《た》つのに、獲物《えもの》はなかなか水面に出てこない。

まるで、地べたを這いずり回るダンプカーと、格闘しているような感じだった。

大きな波紋を描きながら、やっとのことで浮かび上がってきたそいつは、ものすごい馬力《ばりき》で水面を走り回る。

土の堤防に立った博士は、両足を踏んばって、その重量に耐えた。

さらに数分。そして、とうとう博士は目の前まで、そいつを引き寄せて来た。

「ウワー、でかい鯉や！」

金色の魚体を横たえた鯉の頭は、子どもの頭ぐらいで、尾びれは団扇《うちわ》のようだった。

体長は、完全に一メートルは超えている。

博士は、取り込みにかかろうとして、身近に置いた網に手を伸ばした、その時だった。

巨鯉は一瞬、大きく反転して、水中に潜《もぐ》り込んだ。信じられないくらいの衝撃を受けて、足元の堤防が崩れ、「アッ！」と言う間に、博士は沼に引きずり込まれていた。

それでも博士は、釣り竿をしっかり握っていた。恐らくあのことが、無意識のうちに、よみがえっていたのだろう。

結局鯉は、あの丈夫な釣り糸を引きちぎって、逃げてしまったけれど、お陰で釣竿だけは、手元に残った。

沼は浅いのに泥深くて、岸に這い上がるのに苦労した。

「やれやれ、ヒドイめにあったなあ」

博士は、身体に付いた泥を洗い流した。

「こんな所に、あんなバケモノみたいな巨鯉がいるなんて……」

クシャミをしながら、博士はズブ濡《ぬ》れのまま、自転車を押して、家に引き返した。


あのこと——

そう、あれはちょうど、二年ぐらい前のことだった。

博士は、新品の釣り竿をもって、いつもの場所へ鯉釣りに来ていた。

それは、彼が釣り具店で見つけた、お気に入りの竿で、使うのは今日で三回目だった。

初夏の緑が目にしみる、絶好の釣り日和《びより》なのに、一向《いっこう》に当たりがない。

そのうち博士は、オシッコがしたくなって、釣り竿をセットしたまま、反対側の田圃《たんぼ》に向かって、ジャージャーやり始めた。

順調に育った稲の間に、大きなザリガニが見える。

「なるほど、こいつが悪さをして、農家の人たちに厭《いや》がられているんやなあ」

悪さ――稲の根元を切ったり、特に問題なのは、田圃に穴を開けて、せっかく張った水を抜いてしまう。

だから、始終見回って、穴を塞《ふさ》いだり、水を追加したりしなければならない。もちろん、見つけたザリガニは、沼へ放り込まれる。

「道理《どうり》で、でかいザリガニが釣れる筈や」

そんなことを考えていた時、背後の沼で、「チャポン」と、何かが水に落ちる音が聞こえた。

「蛙でも飛び込んだのだろう」

そう思って、博士は放尿を続けた。

「ああ、スッとした」

独り言をいいながら、ふと振り返った博士は、ビックリした。

「竿が無い！」

木の枝に立て掛けておいた筈の、新品の竿が見当たらない。

「……?」

やがて博士の目に入った、その光景は……。なんと、半径二十メートルほどの弧《こ》を描きながら、ぐんぐん引っ張られて行く、あの釣り竿ではないか！　竿の金属を、キラキラ輝《かがや》かせて……。鯉がくわえているに違いない。

しばらくの間、博士は呆気《あっけ》にとられて、見つめていた。

「おーい、止《や》めてくれぇ！」

思わず叫んだ博士は、次の瞬間、泳いで追いかけようと決心した。彼は水泳には自信がある。沼はそんなに深くはない。水温もかなり高くなっている。

……が、しかし、博士は水に入るのを思い留《とど》まった。

「家に、ゴムボートがある！」

それで彼は、竿の行き着く場所を確認することにした。

「やっぱり、あそこや」

思った通り、向こう側の葦の繁《しげ》みで、竿は止まった。鯉は、葦の根元のうろ（穴）

を、棲《す》みかにしているに違いない。

早速家から担《かつ》いできたボートに、汗をかきながら空気を入れて、博士は沼に漕《こ》ぎ出した。

ところが、目星《めぼし》をつけておいた所に、竿は見当たらない。網や針金《はりがね》で水中を何回探《さぐ》っても、掛かってこない。深さはせいぜい一メートル二、三十センチなのに……。

「あの後、またどっかへ移動したのやろか」

そう思って、岸辺沿いをずっと探したけれど、やっぱり見つからない。

くたびれ果てた博士は、とうとう竿を諦《あきら》めてしまった。

「せっかくの、新品の竿なのに……。それにしても、鯉というのは、何と賢いやつなんだろう」

まじめに見つめている時は、全然食いつかない。退屈《たいくつ》して、つい釣り場を離れたスキに、待ってましたとばかり、餌《えさ》を食い始める。

「やつはきっと水中から、あのギョロっとした目玉《めだま》で、こちらを窺《うかが》っているに違いない」

だから、以後博士は、帽子とシャツを、葦と同じ緑色に替えて、草の陰にかくれながら、当たりを待つことにしていた。

テレビは、少年の問題行動についての特集だった。

「フツーの子どもが、ある日突然、問題を引き起こす……」

画面の中の何人かが、そんなことを言っていた。

「そう言えば、私にも……」

博士は、遠い昔の少年の頃を、ふと思い出してみた。

「まかり間違えば、私も非行に走っていたかも知れんなあ」


終戦前後の食糧難と物資不足の頃、少年の博士は、まるで家族を背負ったかのように、連日奮闘していた。

父親は遠方に勤めに出て、月に一度ぐらいしか帰ってこない。

やっと貸してもらった畑に、あれこれ作物を栽培する。農業の経験なんてなかったから、近所の人たちに教えてもらいながら……。

農機具なども借りて、堆肥《たいひ》の作り方を研究したり、開墾《かいこん》をして畑地を拡げたり……。姉たちも勤めていたから、中心になるのは母親と少年の博士だけ。弟や妹は、まだ当てにはならない。

そして、あちこちの農家を訪れて、不足する食糧の買い出しもしなければならない。休日はもちろん、平日でさえこんな状態だったから、博士は、放課後の部活に参加することが出来ない。

同級生や友だちが、楽しそうにグラウンドで走り回っている姿を目にしながら、待っている母を思って、帰宅を急がなければならなかった。

「ボクも、みんなと一緒にやりたいなあ」

そのうち、中学に入った弟が、見かねて、

「部活やめて、仕事手伝う」

と言ってくれたけれど、

「おまえは、ちゃんと部活を続け。家のことは、ボクがするから」

そう言って、博士は弟を応援していた。

それから数年経って、食糧や物資も出まわり、世の中もどうにか、落ち着きを取り戻しつつあった。

その頃だったと思う。

「弟は選手で、あちこち遠い所へ試合に出ているのに、この兄の方はさっぱり……」

少年の博士は、思わず、わが耳を疑った。

まちがいなく、母が親類の人に、今、そう言ったのだ。

次の瞬間、カーッと、頭に血が上るのを博士は感じた。

「これが、親の言うことか！」

口には出さなかったけれど、怒りを通り越して、もう情けなく、ついには悲しくさえなってしまった。

「ボクは、ただ家の犠牲《ぎせい》になっただけなのか！」

畑作業や開墾の、あの重労働はもちろんのこと、特に食糧の買い出しは、ほんとに辛《つら》かった。

農家の入り口に立った少年は、ひどい言葉を浴《あ》びて追い払われたり、帰り道で警官に追いかけられたり……。

まだ食糧統制の時代だったから、米、麦、芋など、闇《やみ》取り引きの対象になっていたのだ。

だから、少年の博士は、それらを没収されないように、木の枝なんかを上に被《かぶ》せて、カモフラージュを図《はか》る。

それでもやっぱり怪《あや》しまれるのか、

「オイ、コラッ、ちょっと待て！」

なんて言いながら、警官も自転車で追いかけてくる。

命の次に大事な食糧を、取られては大変だから、博士は全力で逃げる。

しかし、自転車はオンボロの中古品。道は砂利《じゃり》道。おまけに、少年の博士の体重を、はるかに上まわる積み荷。加えて、空腹。

それでも博士は、歯を食いしばって、ガンバル！

そして、遂に、博士は、持久戦に勝った。もう諦《あきら》めたのか、警官は追ってこない。

「フーッ、やれやれ」

思った途端、いっぺんに力が抜ける。汗が吹いて出る。

こんなことを、何回経験したのだろう。

意外に早く日が暮れて、帰り道は真っ暗。田舎道《いなか》に、明かりはない。自転車には、ヘッドライトが付いてない。

だから、少年の博士は、道の両側に立っている電柱の先端が、星明かりで幽《かす》かに見える、その間を走って、田圃《たんぼ》に落ちるのを免《まぬが》れていた。

吹雪の向かい風の中を、渾身《こんしん》の力でペダルを踏みながら、帰宅したこともあった。歩くほどの速さでしか進まなかったけれど、倒れたら、オシマイだ。重量があるから、起き上がれなくなってしまう。

もう、汗と鼻汁と雪で、顔はグシャグシャ。ひょっとして、ついでに涙も混じっていたかも知れない。

それに、思い出したら、今でも笑えてくる場面がある。

「あの肥桶《こえおけ》を担《かつ》ぐのは、ほんまに難儀《なんぎ》やったなあ」

少年の博士は、屎尿《しにょう》を畑に撒《ま》こうとしていたのだが、背が低くて、桶が持ち上がらない。それで、紐《ひも》を短《みじか》くして調節したら、まあ何とか桶は地面を離れたけれど、いやその重たいこと！

肩に天秤棒《てんびんぼう》が食い込んで、痛いのなんの！　やっと歩き出したら、前後の桶が左右に振れて、均衡《きんこう》がとれない。だから、チャポン、チャポン、中味も揺れる。

そのうち、とうとう前と後から、中味が飛び出て、博士に降《ふ》りかかった。

「ウワー、ウンのつきや！」

それにしても、当時の博士は、「親に裏切られた！」、そんな口惜《くや》しい思いだったのに、どうして、自暴自棄《じぼうじき》にならなかったのか。

しかし、こんなことを続けているうちに、知らず知らず博士の足は鍛《きた》えられて、校内の体育大会で入賞したり、時には地区の競技会への出場を請《こ》われたりすることもあった。

まあブロックの新記録を打ち立てるまではいかなかったけれど、それでも少年の博士にとって、みんなの応援を受けての試合は、何ものにも代え難《がた》い思い出を残すことになった。

空《から》の自転車で走るよりも、自分の足で走る方が、速くて楽、という、妙な経験もしていた。


少年の日の博士には、もう一つ、耐え難い苦痛があった。

戦争が激しくなって、博士一家はこの地に疎開してきたのだが、両親は残務整理などで忙しく、よく出かけたりして留守《るす》がちであった。

そのうち、六年生の終わりも近づいて、博士は進路の選択を迫られていた。

当時は、小学校を卒業したら、丁稚奉公《でっちぼうこう》に出たり、技術職の見習《みなら》いをする就職組と、小学校に付属していた高等科に、二年間在籍する者、そして、旧制の中学校を受験して、更に五年間学習を続ける進学組、などに分かれていた。

博士は親と相談して、中学受験の意志を、学級担任に自ら伝えていたのだが……。

「何だか、様子《ようす》が変だ」

しばらくして、少年の博士は、学級内の雰囲気《ふんいき》から、そんな感じを受けていた。進学希望の級友たちは、もう受験の具体的なあれこれを話しているし、受験番号までもらっているではないか！

驚いた博士は、直ちに担任の所へ行って訊《たず》ねたら、なんと、親が直接申し込みに来なければ、手続きは出来ないと言う。

「そんなあ……」

思わず博士は、文句を言った。以前から親の事情を、担任に伝えてあるのに……。

親しい友だちの一人が、そっと教えてくれた。

「あの先生な、何かモノ持って、家へ頼みに行かなアカンのやで」

そんなバカな、と思ったけれど、博士は慌てて、遠方の母に連絡をとった。

帰って来た母親は、風呂敷に何かを包むと、駆《か》けるようにして、担任の家へ急いだ。

「ダメだった！　もう申し込み期間が過ぎたんだって……」

母は、ヘナヘナと座り込んでしまった。

「……」

博士は、何か言おうとしたのだが、言葉にならなかった。

「カンニンして、おまえ。親がこんなことで……」

「こんな無茶なことって、世の中にあるんやろか。しかも、学校の先生が……」

校長に直談判《じかだんぱん》したり、受験校に事情を説明して納得してもらうという、そんな時代ではなかったのだ。

「お母さん、もういいよ。ボク高等科へ一年行って、受験するから」

母親のしおれ切った姿を見て、博士は言った。

後で分かったことなんだけど、あの時、担任は母に言ったそうだ。

「……成績も、良くないし……」

疎開のどさくさなどで、勉強の方は少々手抜きにはなっていたが、テストや通知表からは、とても低学力なんて判定できない。

まして、前の学校では、どちらかと言えば、上の部に入る成績をもらっていたし……。

そして、少年の博士にとって、もっと腹の立つことがあった。それは、自分と比《くら》べて、ずっと勉強の出来ないと思われる同級生が、何人も受験の手続きをしてもらっていたことだった。

しかも、そのような生徒が、全員中学校の入試に合格していたことを、後になって博士は知ったのだ。

「どうしてなんや……」

少年の博士は、混乱気味の中で、あれこれ考えてみた。

「ボクは、こちらの学校に、あまりなじめなかったし、先生もそんなボクを、嫌っていたのと違うやろか」

「いたずらしたり、自分の役目《やくめ》をサボッたりしていないし、遅刻や欠席もあまりしてないのに……」

「テストや、通知表の見せ合いもしていたから、あの人らの成績も知っている。ボク以下の人が何人もいたのに……」

進学した同級生の姿を見ながら、同じ小学校の高等科に通わねばならない少年の博士は、ほんとうに情けなかった。

もう、ヤケクソ気味になりかけていた。

しかし、そんな博士を救ってくれたのは、温《あたた》かい学級のなかまたちと、厳しいけれど、公平で誠実な学級担任だった。

終戦前だったので、まともな授業はあまりなくて、兵隊さんの真似事《まねごと》みたいな教練《きょうれん》や、農園の作業が多かった。

しんどかったけれど、なかまや先生と共に、博士は精いっぱい楽しんでいた。

わずかな時間の授業を、先生は真剣《しんけん》に教えて下さった。

いつの間《ま》にか、博士はもう、前の担任に対する恨《うら》みも忘れて、充実した日々を過ごすようになっていた。

以前から読書の好きな博士は、その頃、図書館からよく本を借りてきて、明治、大正、昭和初期の文学に、没頭するようになった。

そして彼は、読書を通して、慰《なぐさ》め、元気づけられたり、時には、いたく感動したり、深く物事を考えたりしていた。

やがて世界の文学にも、少しずつ手をのばし始めた頃、戦争は終わった。

翌年の春、少年の博士は、結局一年遅れで中学校を受験したのだが、そんな事情もあって、彼はこれといった勉強もしないままで、入試に臨んだ。

二日間のテストが終わった後、博士は、二問間違っていることが分かった。

「ダメなら、来年また受験したらいい」

高等科での日常に、離れ難《がた》い魅力があって、博士はもう一年、みんなと過ごしたいとさえ思っていた。

それに、入試というのは、どの科目も満点を取らなければ、合格させてもらえないものだ、と彼は思っていたのだった。

〝合格！〟

掲示板を見た博士は、下駄の音も高らかに、走って家へ帰った。

母に言われて、慌てて、また走って、担任の先生へ報告に行った。

「よくやった！」

そう言って、先生は頭を撫《な》でてくれた。

「よくもまあ、グレなかったものや」

博士は、しみじみと述懐していた。

「そう言えば、もう一回、危ない時があったなあ」

あの件は、博士が大学を卒業して、中学校の講師をしている頃だった。

どういう理由があったのか、その頃、教職関係の採用がずっと途絶《とだ》えたままだった。新学期が始まって一月《ひとつき》経《た》ってから、やっと中学校の講師の職を得た博士は、それでも同級生に比べて幸せな方だった。なかまの大部分は、一年か二年の間、無職の状態だった。

一年契約という、不安定な身分ではあったけれど、そんなことを忘れて、博士は全力を尽《つ》くして、若い生徒諸君の教育に当たっていた。

しかしそのうち、博士は不安を感じて、やや焦《あせ》り気味になって来た。

自宅待機の卒業生たちが、新年度になると、相次いで採用されていくではないか。

しかも、正式な教諭として。

そして、二年経過した時、未採用のなかまは、ほとんど居ない状態になってしまった。

聞くところによれば、

「無職の者を優先して採用する」

そんな方針らしい。

博士は、校長に事情を説明して、講師の職を辞したい旨、申し出たのだが……。

「今、辞《や》められては困る。生徒も君に懐《なつ》いていることだし……。来年は、きっと何とかしてあげるから」

そう言って、校長は、博士を引き留めるのだった。

世間知らずの博士は、その都度《つど》、校長の言葉を信用してしまっていた。

あれは忘れもしない、四年目の二学期末のことだった。

「君には申し訳ないが、今月で辞めてもらうことになった」

呼び出されて行った博士に、いきなり、校長がこんなことを言った。

「えーっ、そんなあ……」

博士は混乱して、言葉を失った。

理由は、簡単だった。

二つに分かれていた校舎が、統合されて、新築の一校になったから、規定通りの職員数で事足りる。だから、町当局としては、余計《よけい》な支出は控えたい。よって、町費の講師は辞《や》めてもらう。

言ってみれば、まあこんなことになる。

「じゃあ私は、年度の途中でクビ、ということですか」

「……私も、努力はしたんだが……」

校長の言葉は、ほとんど聞き取れない。

「校長、あなたは、正規の採用にしてあげるって、何回も私に言ったでしょう」

「……」

「だから、私は、あなたを信じて、チャンスを失ってきた」

「……」

「出来ないのなら、出来ないと、なぜ正直に言ってくれなかったのですか。そしたら私には、別にまた取る方法もあったのに……」

「……」

〝必要な時だけ使って、要《い》らなくなったら、ポイと棄ててしまう、そんな仕打ちに等しいじゃあないか〟博士は思った。

「先生たる者、しかも校長でありながら、そんな嘘《うそ》をついて、平気なのですか！」

「……」

校長は、始終無言だった。

町当局で決定済みだから、もう今更くつがえせない、と言う。

「それならそれで、もっと早くから分かっていた筈や」

もういくら言っても、こんな人物には無理だ、と博士は諦めてしまった。

そして、十二月十四日、博士は、四年近く勤めた講師を、クビになった。

それは、赤穂浪士たちによる、討ち入りの日でもあった。

しばらくの間、博士は残念で、寝つかれない日もあったけれど、やがて、気を取り直して、自らの進むべき道を、あれこれ思案するようになった。

「これからは、日本もアメリカのように、車の社会になっていくのではないか」

そう思って、博士はまず教習所に通って、車の免許を取ることにした。

当時の日本は、車の数も少なく、従って、免許を持つということは、特殊技能の一つであり、就職も容易だった。

国道さえ、まだ砂利道の所が、かなりあったぐらいだ。

それに、もうすこし、本格的な学問をやってみたいし、もし出来たら、日本が戦争に負けたアメリカとは、一体どんな国なのか、訪れてもみたい、そんなふうに、博士の考えはまとまってきた。

いろいろ困難はあったけれど、博士は大学院で、二年間の修士課程を終えて、運よくアメリカ留学を、一年間経験することが出来た。

そして、帰国後、大学の助手に採用されて、研究生活を続ける中で、次々に業績を発表していった。

やがて、学位論文が認められて、彼は博士号を取得した。

思えば、長くて苦しい道程《みちのり》ではあったけれど、博士はほんとうに充実していた。

「あのクビになったのが、ターニング・ポイント（転換点）やったなあ」

お茶を啜《すす》りながら、博士は感慨《かんがい》深げだった。

「中学校の先生で、一生を終わるのも、悪くなかったんだが……」

難《むつか》しい年頃の中学生ではあったけれど、彼らは活《い》き活《い》きとして、芯《しん》は素直で、復元力にも富《と》んでいた。

だから、博士の在任中にも、何回かは生徒の問題行動を経験しているのだが、あれこれ手をつくせば、かならず分かってくれるのだった。

しかし、最近、

「もうどこまで掘り下げても、彼ら生徒と触れ合うものが見つからない」

そう言って嘆く、同年や後輩の教師たち。

長い教員生活で、こんなことは初めてだ、と言う。十五、六年前から、こんな兆候《ちょうこう》が現れてきたそうだ。しかも、全国的に……。

そう言えば、中学生による信じられないような事件が、頻繁《ひんぱん》に報道されている。それも、高校生から小学生まで、拡がってきているとは！

「一体、どうなっているんだ、これは！」

残念な気持ちを押さえながら、博士は、その原因を探ろうとした。

一つはやっぱり、化学物質による身体機能の汚染ではないか。

早くから世界中で、警鐘《けいしょう》が発せられていたのに、日本はともすると、手遅れになりがちだったように思われる。

そしてそれらが、脳や性ホルモンに、かなりの影響を与えているのではないか。

博士は近いうちに、知り合いの脳外科や、神経内科の教授たちを訪ねてみよう、と考えていた。

もう一つは、社会の体制の変化と、それに関わる精神構造の歪《ひず》み、ではないか。

人間本来の心の在り様《ありよう》は、そう変われるものでもないのに、変わって行く社会に合わせようとして、不協和音を発している……。

少年たちの問題行動、それは、彼らの悲鳴ではないのか。

或いは、彼らは大人たちの、一枚皮をめくってみた本音を、素直に表現している、とも考えられよう。

「心理学の教授にも会ってみよう」

誠実さや公正さが、特に強く求められる職に就いた者、そしてその長たる人の仮面の下は、何たる下劣さ！

こんな場面を、博士は今までに、イヤと言うほど目にしてきた。

〝一流大学↓一流企業・官庁↓出世・頂点↓退職↓刑務所〟

「こんな図式は、もう願い下げにしたいものだ」

博士は、ため息をついて、冷えたお茶を飲み干した。

「そう言えば、世の中がおかしくなり始めたのは、ミズスマシやゲンゴロウ、それにメダカやドジョウたちを、見かけなくなった頃と、同じ時期ではないか」

そんな感じを、博士はかねてから抱いていた。

市場経済、効率優先、能力主義……こんな風潮が、社会の隅々《すみずみ》まで入り込んで、結局、世の中はギスギス、少年たちを蝕《むしば》んでいるのではなかろうか。

「子どもたちは、追い立てられて、一直線で急行、だから彼らは、息苦しいに違いない」

博士は、自分の子供時代を思い浮かべた。

戦中戦後の物資不足や、ある種の思想統制はあったものの、今にして思えば、

「楽しかったなあ！」

と言う思いに尽きる。精いっぱい、子供時代を充実して過ごした、そんな手応《てごた》えが残っている。

「子ども時代という湾処《わんど》（入江）の中で、じっくり子どもとして、熟成させる必要があるのに……」

そのためには、自分として、どんな取り組みが出来るのか、博士は思い巡《めぐ》らすのだった。

「大地を踏まえて、しっかり立つ、という分母を、すっかり忘れて、知識や技術といった、分子だけで生きようとするから……」

糸の切れた風船のように、どこへ行ってしまうのか、大人たちも不安なのではないか。

だから、本当の独創性も産み出されずに、横並びの、物真似《ものまね》ばかり……。

「物質的な豊かさを求めているうちに、何か大切なものを置き忘れてきたんだなあ」

山並みに沈んで行く太陽を見ながら、博士はまた、ため息をついていた。

これまでにも、博士は機会をとらえて、世の中の不備、不合理に、自らの考えを発表してきたのだが……。

人間の価値を等級づけする、叙勲の制度、警察のキャリアとノンキャリアの問題、バブル経済の異常さ、等々。

普通人としての常識さえあれば、だれでも〝こんなことは、おかしい〟と分かる筈なのに……。

小学校の高学年であった少年の博士にさえ、威勢のいい政府の報道とは裏腹に、

「この戦争は、負ける！」

と察知できたんだから。

「〝日本丸〟を沈没させないために、もう少し私もがんばってみよう」

そこまで考えた博士は、夕闇《ゆうやみ》のせまる庭先に、何か白いものがフワフワしているの

に気がついた。

「あれっ、洗濯物の取り入れ、すっかり忘れてたがな」

五、二人の再会

それは、思いも寄らぬ出来ごとだった。

病室の妻が、突然、錯乱《さくらん》状態になって、博士に無理難題を口走り始めたのだ。

「お父さんには、ダマサレていた！」

ベッドに半身を起こして、妻は言った。

「どうしたんだよ、急に？」

「あなたは、ほんとに、バカや！」

こんな乱暴な言葉づかいを、初めて耳にした博士は、ビックリしてしまった。

よく見ると、妻の目は、半分虚《うつ》ろな状態だった。博士の方を見てはいるんだが、視線が定まっていない。

それにしても、重病人とは思えない、鋭《するど》い言葉を投げつけてくる。

それまでにも、治療の為の投薬で、時々幻覚症状は出ていたのだが、今回はかなり様子が違う。

そう言えば、今朝方《けさがた》、主治医が、

「もう少し、強い薬を使いますから……」

と、説明してくれたのを、博士は思い出した。

「あの薬の副作用かも知れない」

そう考えた博士は、赤ちゃんをあやすように、妻の背中をゆっくりさすりながら、当たらず障《さわ》らずの相手をしていたのだが……。

そのうちに、有《あ》ること無《な》いこと、誤解やこじつけまで混じって、博士を罵《ののし》る始末《しまつ》！

それでも博士の心は、不思議なほど平静さを保っていた。

「うん、そうだなあ」

「すまなかったね」

そんな相《あい》づちを打ちながら……。

しかし、こんな興奮《こうふん》状態を続けていたら、ただでさえ弱った妻の身体が、余計《よけい》に衰弱《すいじゃく》してしまう。

博士は慌てて、ナースコールのボタンを押した。看護婦さんが、直ぐに来てくれた。

個室のドアを開けて、中の様子《ようす》を見た彼女は、即座《そくざ》に言った。

「婦長さんを、呼んできます」

間もなく、年輩の婦長は、若い看護婦を連れて入って来た。

あれこれいたわってくれる彼女らの言葉に、妻は耳を傾けない。それどころか、看護婦さんたちにまで、暴言を吐いてしまった。

「こんな腐《くさ》った病院にいたら、殺されてしまう！」

あげくの果てに、妻がこんなことを言うものだから、さすがの看護婦さんも、少し感情を害されたようだ。

婦長の返す言葉にも、皮肉と棘《とげ》が混じる。

やれやれと思いながらも、博士は割って入らざるを得ない。

「申し訳ありません。こんなヒドイことを言って。病《やまい》が言わせていると思って、どうぞ堪《こら》えてやって下さい」

博士の言葉に、婦長は我《われ》に返ったのか、恥ずかしそうに言った。

「まあまあ、私としたことが……。ゴメンナサイね。そうね、ちょっとお薬で、休んでもらった方がいいようね」

婦長は直ぐに、主治医に連絡して、睡眠剤を打ってもらうことになった。

さっきまでとは嘘のように、安らかな寝息《ねいき》をたてている妻のベッドの側で、博士はあれこれ思いを巡らせていた。

「やっぱりあれが、家内の本音《ほんね》なんだろうなあ」

薬の所為《せい》で、ふだんは深く閉じ込められていた意識が、蘇《よみがえ》ってきたに違いない。博士には、思い当たることがある。いつの頃からか、そんな兆《きざ》しを、彼は薄々《うすうす》感づいていたのだった。

――妻の不満――

「そうだ、あの頃から、何だかギクシャクなり始めたんだ」

結婚以来、妻は家族のために、ほんとによく尽くしてくれたし、どちらかと言えば、無口の方で、彼女の口から不平不満など、ついぞ聞いたことは無《な》かったのだが……。

「あの学部長候補を断《ことわ》ってからだ」

博士は、記憶の糸をたぐり寄せるように、当時の情景を、脳裏《のうり》に描いていった。

その頃博士は、既に教授に昇進して、数年が経過していたのだが、毎年彼は、欲求不満と過労に悩まされていた。

それは、あまりにも事務的な仕事が増えて、学生の指導や、自己の研究のための時間が、大きく欠けてしまうことだった。

しかも、事務の方を優先しなければならない時が多い。

「一体、日本の大学って、どうなっているんや！　これでは、アベコベじゃあないか！」

そんなことを痛感している博士に、今度は、学部長の候補が要請されたのだ。噂《うわさ》によれば、博士の学部長選出は、間違いないらしい。彼の耳にも、そんな情報が入っている。

「もうこれ以上、わずらわしい事務はゴメンだ」

博士の決意は固《かた》く、彼は即座に、候補を断《ことわ》ってしまった。

純真な博士は、少しでも多くの時間を、指導と研究に当てたかった。

「まあこれで、一難去った！」

そう思っていた、ある日……。

「奥さん、教授ね、学部長の立候補、辞退されたんですよ。当確間違いなし、なのに」

久し振りに訪ねて来た、博士の研究室の助手が、お茶を運んできた博士の妻に、いきなり、こんなことをしゃべってしまった。

「まあ、そうですか」

妻の返事は、淡々としていた。

実は、そのことについて、博士は妻に何も知らせていなかったのだ。

博士は普段から、学内や仕事の話を、あまり家で持ち出したことがなかったし、まして、人事のことなんて……、彼はそう思っていた。

その晩、妻は珍《めずら》しく、不満を口にした。

「せっかくのチャンスなのに、どうして断《ことわ》ったの、お父さん」

〝チャンス〟という妻の発言に、思わず博士は目をむいた。

〝……あれっ、そんなふうに思っていたのか!?〟

しかし、博士は、すぐに気を取り直《なお》して、半《なか》ば諭《さと》すような口調《くちょう》で、自分の考えを妻に説明した。

〝今取り組んでいる研究を完成したいこと。学生諸君の指導にもっと力を入れたいこと。役職に就《つ》いたら事務的なことに時間と精力を取られて、研究と指導が中途半端になってしまうこと〟

要点はこんなところだったのだが、妻の表情からは、納得した様子《ようす》がうかがえなかった。

妻に対する軽い疑問が残ったまま、博士は教授としての、多忙な数年を重《かさ》ねていった。そして、ある〝事件〟を境に、その疑問が解《と》け始めるとともに、それが大きな悩みとなって、彼に覆《おお》いかぶさってこようとは……。

「先生、学長選の立候補、お願いします」

ある日の午後、各学部の選対委員の教授たちが、博士の研究室にやってきて、こんなことを言うではないか。

「ええっ、そんなあ……」

突然の要請に、博士は驚いて、絶句してしまった。

現学長が、任期満了となって引退する、という情報は、博士にも伝えられていたのだが、〝まあ、自分には関係ない〟そう思って、多忙だが充実した日々を過ごしていた。

「学部長もやっていない私が、一体どうして……」

博士が不思議に思うのも、無理はない。

「学部から、それぞれ候補を立てるんじゃあないのですか？」

「それが、今回に限って、どういう訳か、偶然にも同じ意見が集約されまして……」

教授達の言うところによれば、

「次期学長は、工学部のあの博士が最適だ」

となったらしい。

「しかし、私は事務や、対外折衝《せっしょう》能力は、零《ぜろ》に等しいんですよ」

「だいじょうぶです、先生。各学部から、それぞれ学長の補佐役を出しますから」

「他に候補者がない、ということは……」

「そうです。信任投票のような形になりますね」

追い詰められた博士は、何とか逃《のが》れる方法を探《さぐ》ろうと試《こころ》みた。

「ずっと病身の妻が居ますしねえ……。しばらく考えさせてくれませんか」

「先生、ぜひお願いします」

そう言い残して、教授たちは、博士の部屋を出ていった。

〝それにしても、どうして私なんかが……〟

博士はしばらくの間、ぼんやりと立ったまま、窓の外を眺めていた。


さんざん迷ったあげく、博士は思い切って、妻に話してみたのだが……。

「お父さん、とても名誉《めいよ》なお話、と私は思うんですけど」

〝名誉だって？　やっぱり妻は、そんなことを望んでいるのか！〟

「しかし、ねえおまえ、今のままの方が、私には合《あ》っているんだよ」

「いろいろイヤラシー手を使ってまで、出世したい人があるらしいのに。お父さんは、皆さんから、推《お》されている立場でしょう」

「もし学長に就《つ》いたら、もう今の研究から離れなければならないし。それに……」

「……」

「こんなことを言ったら、気を悪くすると思うんだが……。仮に、おまえがまた入院したとしても、忙し過ぎて、とてもおまえの世話が出来ないだろうし、ねえ」

「それじゃあ、私がお父さんの足を引っ張っているって言う訳？」

「そうじゃあないんだって。おまえが少しでも元気な間に、いっしょに旅行なんかもしたいしなあ」

博士は、先輩たちの嘆く姿を、思い浮かべていたのだった。

『何《なん》にもしてやれないうちに、妻は逝《い》ってしまった……』

「出世のチャンスを、またフイにするの！」

とうとう、妻が本音を吐《は》いた、と博士は思って、彼は少し強い言葉を返した。

「私は出世なんかに、興味が無いんだッ！」

〝これだけ事を分けて話しているのに、どうしてわかってくれないんだ〟そんなやり切れない思いを抱きながら……。

こんなことがあってから、博士夫婦の間には、何かよそよそしいものが、感じられるようになった。

それでも博士は、講義の無い日には、妻の通院を助けたり、できるだけ家事もこなすように努めていた。

そして、夏期や年度末の休暇を利用して、博士手づくりの個人旅行に、妻を伴ったりしていたのだった。

しかし、妻は一方では、博士に感謝したり喜んだりしながらも、他方では、何か満たされないものを感じているようだった。

時々妻は、憂《ゆう》うつそうな表情をみせることもあったけれど、それは多分持病の所為《せい》だろう、そう思って、博士は遣《や》り過ごすことにしていたのだが……。

気がついてみたら、もう以前のように、お互いに冗談を言ったり、声を立てて笑うような明るさが、すっかり無くなっていた。

「お父さんは、どうしてそんなに意気地《いくじ》が無いの！」

いきなりこんなことを妻に言われて、博士は〝また始まったか〟という気になった。

「おい、おい、ちょっとおだかやでないね」

「だってそうでしょ。学長の地位まで断ってしまって！」

「そのことについては、前に説明してあるだろ」

「……」

やっぱり妻は、納得していないようだ。

〝こんな程度の女だったのか！〟

博士は、だんだん嫌気《いやけ》がさしてきた。

〝そんなに名誉や地位が欲しいのか！〟

これまでの長い夫婦生活の中で、博士は妻に、人としての大切な事や、自分の考えなどを、充分話してきたつもりだった。

だから、彼女は自分のことを、よく理解してくれている筈だ、と博士は考えていた。

しかも、これまでに、いくつかの場面で、

「お父さんの好きなようにしたら」

と言ってくれていたではないか。

妻といろいろ話し合う中で、

〝彼女は、なかなか深い考えをしているんだなあ〟
と博士は、感動さえしていたのに……。
〝何故《なぜ》なんだ!?〟
博士は、困惑気味だった。
〝ええい、もう知らん。勝手にしろ！〟
博士の気持ちは、だんだん妻から離れていくようだった。
彼の心の奥深くに、何かモヤモヤした疑問が、重く沈み込んだまま……。

〝憐《あわ》れなやつや！〟
博士はふと、そんな言葉が聞こえたような気がした。
「……？」
彼は思わず、立ち止まった。
博士は久し振りに、田圃《たんぼ》の中の畦道《あぜみち》を散歩していた。
あんなこと——妻との間に気まずい思いがあって以来、もう数年が経《た》って、博士は定年退職後、私大の講師を勤め始めていた。

週に三日の講義だけで、他の役職は免除されていたために、彼は心身ともに落ちついた日々を送っていた。

「やっと、自分らしい生活ができるようになったなあ！」

博士は、ほんとうに満たされていた。

妻の病状は、だんだん良くない方へ進んでいた。

だから彼は、妻の通院や、時には介護などに、かなりの時間を割《さ》いていたし、家事や日常の買い物、手続き等、戸惑《とまど》いながらも、経験を積んでいった。

長年放置しておいた、家のあちこちを修理したり、少しでも妻が動きやすいように、新しい設備をつけ加えてもらったり……。

そして、時には、妻の病状が安定していれば、散歩やサイクリングに、もうすこし時間の取れそうな日には、彼の好きな魚釣りに出かけたりしていた。

素晴らしい自然の中で、博士は心身のリフレッシュを試みていたのかも知れない。

彼の心の奥深くに、なおも妻に対する疑問が残ったままだったから。

まあそれでも、妻の身体が何とか動くうちに、国内の北から南まで、妻とともに二人旅をすることが出来たのだ。

妻も子どものようにはしゃいで、喜んでくれていたし……。


「やっぱり、自然はいいなあ！」

葦《よし》の新緑が清々《すがすが》しい。

鳥たちの声も元気だ。

博士は、周囲の自然に溶《と》け込むように、無心になって、さきほどから散歩を続けていたのだった。

それが、突然……。

〝憐れなやつや！〟

どこからこんな声が、聞こえてきたのだろう。誰が言ったんだ？

博士は驚いて、辺りを見回《みまわ》した。しかし、人影は見当たらない。

彼は、畦道《あぜみち》の草の上に腰を下ろした。

「そうだ、思えば家内も、不憫《ふびん》なやつや」

……家族のために、自分を圧《お》さえて、一途《いちず》に献身してくれた。しかも、十九年前に発病しながら……。

しかし、時が経《た》って、気がつけば、子供は独立して家を離れたし、夫の私は、平凡な一教授として退職。

ひょっとして、妻は今、何の手応《てごた》えも感じられない虚《むな》しさを、味わっているのではなかろうか……。

少しは波風も立ったけれど、博士夫婦にとって、それはどちらかと言えば、まあ平坦な結婚生活だった。

そんな何でもない普通の生活を、博士は心から満足し、それを支えてくれた妻の尽力《じんりょく》に、常々感謝の気持ちを表《あらわ》していたのだが……。

「やっぱり家内も、自己実現を求めていたのだろうなあ」

博士は、取り返しのつかない思いを抱いていた。

「犠牲《ぎせい》の裏で、夫の出世や名誉を期待していたとしたら……」

そう思ってみたら、残念ながら、最近の妻の言動に、説明がつくではないか。

〝どうしてあの時、もっと強く押さなかったのだろう〟

結婚後、しばらくしてから、博士は妻に、職業を持ってはどうか、と勧《すす》めていたのだった。

「看護婦さんなんか、どお？　今からでも資格が取れるし、いろいろ応援もするよ」

当時、中学校に勤めていた博士は、女子中学生たちにも、資格や技術をもった、職業生活を強調していたのだった。

「お前の生き甲斐《がい》のためにもね」

しかし、彼の妻は、きっぱりと言った。

「家族の幸せが、私の生き甲斐です」

「そう言ってくれるのは、とてもうれしいけど、お前が社会と関わる中で、自分の能力を発揮していった方が……」

〝家族に対する尽力《じんりょく》の代償《だいしょう》に、私の出世や地位を求めたくなったのではないか。もし妻が、私の勧めたような道を歩《あゆ》んで、それなりに充実しているとしたら……〟

博士は、やり切れない思いに満たされていた。

〝だからと言って、妻を満足させるために、自分の本心を曲《ま》げてまで、そんな地位には就きたくなかったんだし……〟

うつうつとした日々を送っていた博士は、こんな妙なことまで考えることもあった。

〝ひょっとして、家内は弥生《やよい》系で、私は縄文《じょうもん》系ではなかろうか。

それとも、彼女は大陸出身の、そして私は南方出身の先祖を、それぞれもっているのと違うやろか。

妻は商売型で、私は農工型……〟

とうとう博士は混乱して、何がなんだか、訳《わけ》が分からなくなってしまった。

〝もうちょっと、文科系や社会学を、勉強しておくべきだったかな。やっぱり、私は理科系で、融通《ゆうずう》がきかないのかなあ〟

それにしても、

〝夫婦が互いに、子育てや家庭生活で協力し合いながら、それぞれの職業生活を認めて応援していく……。しんどいけれども、こんなふうに、私たちもやっていたら……〟

無いものねだりなことは、博士にはよく分かっているんだが……。

妻にしてみたら、

「我が終生を懸《か》けて、やっと実《みの》った果実を、手に取りもしないで、見捨ててしまった！」

そんな断腸《だんちょう》の思いではなかったのか。

〝もしそうだとしたら、いやきっとそうに違いない。私は、何とむごいことを、家内にしてしまったのだろう〟

「ああ、何てことだ！」

思わず博士は、深いため息をついていた。

〝しかし、しかし……〟

辛《かろ》うじて、気を取り直した博士は、思いをめぐらせてみようと試みるのだった。

〝もし私が、学長という超多忙な激務に就いていたら、恐らく、妻には何もしてやれなかっただろうし、最悪の場合、家内は独《ひと》りぼっちのままで、息を引き取っていたかも知れない。

それでも妻は、学長夫人という、プライドに満足して、生を終えられるのだろうか〟

さきほどから続いていた、博士に対する、暴言《ぼうげん》ともいえる、妻の非難の声を受け止めながら、彼の心は不思議に、平静さを保っていた。

それどころか、彼は妻を優しくなだめながらも、

〝よく（本音《ほんね》を）言ってくれたね。ほんとにうれしいよ〟

そんなふうにさえ、彼は思っていたのだった。

〝この世《よ》のことは、少しでも、この世で結末をつけてくれたらいい〟

博士は、そんな気持ちで、妻の言葉を聞き入れていた。

「お前の意に添《そ》えなくて、すまなかったね」

妻の興奮は、少し収《おさ》まってきたようだ。

「お父さん、私、何かヒドイことを、言ってたのとちがう？」

眠りから覚《さ》めた妻は、病室の小物類を整理していた博士に言った。

「うん、何かブツブツ言ってたようだけど、よく聞き取れなかったよ」

「私ね、こんなことしゃべったらアカン、そう思いながら、勝手に口が動いてたみたい」

どうも妻は、薬剤のために、半覚醒《はんかくせい》の状態だったらしい。

「ここは個室だし、私しか居ないんだから、何をしゃべってもいいんだよ」

「お父さんを、傷つけるようなこと、わたし……」

「胸の中《うち》に収めておかないで、外に吐き出した方がいいよ。その方が、お前の身体にも良いだろうし、ね」

そんなことを話しながら、ひょいと妻の方を振り返った博士は、ビックリしてしまった。

〝何と爽《さわ》やかな顔！〟

まるで、妻は生まれかえったような、清々《すがすが》しい表情をみせているではないか！

ついさっきまで、長年続いた、あのうっとうしい姿は、もうどこにもなかった。

そう言えば、いつだったか、博士があの不思議な声――〝憐れなやつや〟――を耳にして以来、彼自身も、何か肩の力が抜けたように、心が軽くなっていたのだった。

そして、余計《よけい》に、妻がいとおしく、純な気持ちで、博士は彼女の面倒をみ続けていた。

博士の妻の病状は、うれしいことに、好転の兆《きざ》しが見え始めていた。

ベッドの上で身体《からだ》を起こして、少しずつだが、食事もとれるようになってきた。

「相部屋《あいべや》の方に替わりましょうか」

主治医がそう言ってくれて、間もなしに六人部屋への移動が始まった。

〝救急車で運ばれてから、これで何回部屋を変わるんだろう〟

口には出さなかったけれど、博士は汗を拭《ふ》き拭き、そんなことを思いながら、いそいそと、手荷物を運んでいた。

身体《からだ》の不自由な妻の介護は、博士にとってかなりの重労働ではあったけれど、快復への希望が、彼の疲労を和《やわ》らげてくれていた。

妻も意欲的だった。

動き難《にく》い手で食事をしたり、歯を磨《みが》いたり……。

博士に連れてもらったリハビリ室で、妻は手摺《てす》りを伝って、懸命に歩行訓練を続ける。時々立ち止まって、息継《いきつ》ぎしながら……。

「ご苦労様。よくがんばったね。外へ出てみようか、桜が咲いているよ」

そんなことを言いながら、博士は妻の車椅子を押して、玄関の方へ歩を運んでいった。

そんな中でも、博士は妻と、いろんなことを話し合っていた。

「退院したら、また夫婦《めおと》旅行しようよ。どこへ行きたい？」

妻は嬉しそうに、しかし遠慮気味に、二、三の地名を挙《あ》げてくれた。

「息子たちの結婚式にも、なんとか出られそうだよ」

たった一人の子どもの結婚式が、身近に迫っていた。

その事について、博士は主治医と相談を済ませていたのだった。

「万一の場合は、車椅子ででも……」

博士の要望に、主治医は応えてくれた。

「そうですね。式場の近くの病院に、手配をお願いしておきますから」

妻の顔に、ほんのりと赤みが差《さ》していた。

「そうだとうれしいわ、お父さん！」

しかし、喜びも束の間《つかのま》、妻の症状が、悪化への道を辿《たど》り始めていようとは……。

長年患《わずら》った糖尿病からの、数々《かずかず》の合併症《がっぺいしょう》、看護婦さんや博士の尽力にもかかわらず、発症したヒドイ床擦《とこず》れ、そして遂に診断のついた、悪性関節リウマチ！

ふつうのリウマチでも大変なことなのに、妻のそれは、難病指定の一つ。しかも、予後《よご》は思わしくない、と主治医が告げる。

もちろん博士はそんなことを、妻に話す気にはなれない。

妻はもう、ほとんど寝たきりになってしまった。寝返りをうつことすらままならない。

博士の、妻に対する介護の度合《どあ》いが、だんだん大きくなってきた。

身内の援助はありがたかったけれど、早朝から深夜ちかくまで、博士はほとんど休む暇がなかった。

起床、食事、投薬、検温に加えて、治療室への同行等……。床擦れを防ぐために、頻繁《ひんぱん》な体位の転換。少しでも苦痛を和《やわ》らげるために、いろいろ話しかけたり、身体を摩《さす》ってやったり……。点滴にも注意が必要だ。

治療について、主治医と相談したり、事務的な手続きに出かけたり、売店であれこれ買い物をしたり……。

昼間、身内に替わってもらって、急いで帰宅したら、直ぐに洗濯。タンスを開けても、なかなか家内の小物が見つからない。

「私も昭和一桁《ひとけた》生まれだもんなあ」

自分の衣類さえままならないのに、妻の下着なんか、分かるはずがない。お陰で博士は、悪戦苦闘。それでも、彼はねばる。

「あれ、また洗濯物の取り入れ、忘れてた」

食事の時間も、メチャクチャになってしまった。

「何でこんなに、お腹《なか》が鳴るんやろ?」

気がついたら、博士は今日、まだ一度も食事をしていない。

そのうち、疲労と睡眠不足が重《かさ》なって、博士の足どりまで、おぼつかなくなってきた。

「なんだか、雲の上を歩いてるみたい」

だから彼は、車の運転には、細心の注意を払っていた。それでも、事故を起こさなかったのは、不思議なくらいだった。

もちろんのこと、博士は大学に休講届けを出していた。

「お父さーん、お父さーん！」

病室の廊下で、ちょっと休憩していたら、妻の呼ぶ声が聞こえてくる。慌てて、博士は引き返す。

「痛いようー、お父さーん！」

やっと妻は落ちついた、そう思って、廊下のベンチに腰を下ろした途端、もうこれだ。病室に駆け込んだ博士は、直ぐにナースコールのボタンを押して、妻の身体を摩《さす》り始める。

そして、とうとう、

「苦しいー、助けてー、お父さーん！」

という状態にまできてしまった。

「個室に替わりましょう」

主治医はそう言って、また移転することになった。

治療は以前にも増して、密度が高くなったようだ。
博士は個室で、寝泊まりすることになったのだが……。
妻は、喘《あえ》ぐように、肩で呼吸《いき》をしている。そして、顔は、苦痛に歪《ゆが》んでしまっている。
博士は、懸命に声を掛けながら、手を握ったり、身体を摩《さす》ったり……。
「何とかならないのですか、こんなに苦しがっているのに！」
思わず博士は、強い言葉を主治医に投げつけた。
〝これでは、心臓が保《も》たない！〟
博士はもう、気が気でなかった。
すでに妻は、意識を失っていた。

治療の効果があったのか、翌朝、ありがたいことに、昨夜のあのヒドイ状態は、やや収まってきていた。
博士は声をかけてみたけれど、妻の意識はまだ戻っていなかった。彼は力が抜けたように、初めて補助ベッドに身体を横たえた。

「例え少しでも、何とか良くなって欲しい」

もう息子たちの結婚式のことは、博士の頭から消え去っていた。

行き交《か》う患者さんたちを見る目が、少しずつ変わってくるのを、博士は我ながら不思議に思った。

初めのうちは、足の不自由な人を見て、

〝気の毒だなあ〟

と思ったけれど、

〝いや、杖《つえ》を使ったら、まだ歩ける〟

それが、やがて、車椅子で運ばれていく患者に、

〝本人はもちろん、家族の方《かた》も大変だろうなあ〟

という思いが、

〝車椅子に乗せてもらえるだけでもいい〟

そして、遂に、枯れ木のようにベッドに横たわっているだけの、老いた患者を痛々

しく思いながらも、

〝生きていてさえくれたら、それでいい〟

という、悲痛な願望に変わってしまった。

無意識のうちに、悪化していく妻の病状と、比べていたのかも知れない。

一進一退を繰り返しながらも、暗い谷間に向かって、坂道を滑り落ちて行く……。

意識が混濁している中で、博士が思わず口にした息子の名に、妻はハッキリ目を開いたのだ。

〝さすがに、母親だ！〟

博士は、強烈な感動に打たれていた。

症状が少し落ちついている時、彼は結婚式のことを持ち出してみたのだが、もう妻は、何の意欲も示してくれなかった。

〝そんなどころではないんだ！　何て不憫《ふびん》な……〟

妻は既にその頃、生死の境をさまよっていたに違いない。

表情は、苦痛に歪んでいた。

「お父さーん、お父さーん！」

時々、思い出したように、かすかに洩《も》れる妻のうめき声！

「ああ、ここに居るよ」

博士は、妻の身体を摩《さす》りながら、顔を近づけて、何度も繰り返すのだった。

弱々しい妻の叫び声からは、もう、「痛い！」「苦しい！」という言葉は、消えてしまっていた。


「直ぐに、集中治療室へ移りましょう」

看護婦を連れて、駆け込むようにやって来た主治医が、博士に言った。

移動の間に博士は、妻の現状と、これから新《あら》たに始まる治療について、主治医から説明を受けた。

……妻は、危機的な状態にある。しかし、この二種類の治療がうまくいけば、回復の望みはある……。

博士は、そんなふうに受け止めていた。

ありがたいことに、妻の症状はかなり収まって、意識も戻っていた。

博士は、妻の顔を間近にして、ゆっくり、噛《か》んで含めるように言った。

「この治療が、終わったら、楽になるから、ね」

妻は、かすかに、頷《うなず》いてくれたようだ。


それから二時間ほど経《た》った頃だった。

室内の整理をしていた博士の所へ、看護婦が急ぎ足でやってきた。

「すぐ来て下さい。奥さんが……」

不意を突かれた博士は、持っていた物を放り出して、看護婦について走った。

「お気の毒ですが……」

主治医の言葉に、博士の頭の中は、一瞬、真っ白になってしまった。

「……!?」

人工呼吸器をつけられた、妻の顔は蒼白《そうはく》。

博士の呼びかけに、反応はない。
完全に、意識を失っている。
主治医の説明によれば、後の治療の最中《さいちゅう》に、致命的な出血が起きたようだ。
心電図の波形が、弱々しく乱れてきた。
博士は、妻の身体にしがみつきながら、何度も何度も、妻の名を呼んだ。
その度《たび》に、心電図の波が、大きく揺れる。
〝聞こえているんだ！〟
しかし、徐々《じょじょ》に、手足の先が熱を失ってくる。
博士は自分の口を、妻の耳元に近づけて、ゆっくりと言った。
「ありがとうよ。天国で楽しく遊んでいてね。私が逝《い》くのを待っていて……」
心電図はもう、一直線になっていた。
「ご臨終です」
そう告《つ》げる主治医の声が、博士には、どこか遠くから聞こえてくるように思われた。
それでも、妻の身体は、まだほろ温かかった。

妻の顔は、ほんとうに安らか、微笑《ほほえ》んでさえいるようだった。あの苦痛に歪んだ表情は、もうどこにもなかった。

妻の葬儀が終わってからも、初七日、二七日《ふたなぬか》……、四十九日や初盆、そして百か日の法要など、博士は多忙に追われていた。

そういった中で、彼は遂に過労から体調を崩して、入院する破目《はめ》になったのだが……。

「これで予定通りや。しかし、みんなに迷惑かけるなあ……」

こんなことを思いながら、博士の心は、半《なか》ば陶酔《とうすい》の境地にあった。

妻の病状が悪化していくにつれて、彼自身もう限界に達していたのだった。

「これでは、私の方が先に倒れてしまう」

博士は身をもって、世間で言われるところの、介護地獄を経験していた。

「ええい、かまわん。あとは、どうにでもなれ！」

彼は、生命《いのち》を懸《か》けて、妻の面倒をみようと決心した。

だから、救急車で運ばれながら、彼には死を恐れる気持ちは毛頭なかったし、薄れ

ていく意識の中で、

「これで、妻のところへ行ける……」

そんなことさえ、ぼんやり考えていたのだった。


退院した博士は、徐々に健康を回復していった。

「キミね、『まだ来るの早い』って、押し返したんだろ?」

お供えを終えた博士は、妻の遺影に話しかけた。

〝そうよ、お父さん〟

とでも言っているように、妻は彼に微笑みかけていた。

「そうだ、一人旅を始めよう」

妻が望んでいたいくつかの場所を、博士は思い出してみた。

「まあ身《み》は一つやけど、心は妻と二つになって……」


やがて博士は、あれこれも一段落《いちだんらく》ついて、大学勤務を再開することになった。

しかし、時には彼も、悔恨《かいこん》の渦《うず》の中でもがき、言いようのない寂寥感《せきりょうかん》に、圧《お》し潰《つぶ》されそうになることがあった。

それでも彼は、若い学生たちの中で気が紛《まぎ》れたり、時々出かける一人旅《ひとりたび》で、心が癒《いや》される思いに救われていたのだった。

そして、いつの頃からか、心が落ちつきを取り戻しているのを、博士は不思議に思っていた。

「そうだ、妻に話しかけるようになってからだ！」

やっと、博士は気がついた。

もともと、独り言《ごと》のクセのある博士なのだが、独《ひと》り住まいの侘《わび》しさに、いつの間にか自然に、亡き妻に語りかけていたようだ。


この前の日曜日のことだった。

必要な書類を探していた博士は、ふと妻の遺《のこ》したメモを見て、愕然《がくぜん》としてしまった。

それは、初めのうちは、〝病状メモ〟ノートに記《しる》されていたが、途中から、〝家計簿〟の隅へ走り書きに変わっていた。

そして、妻が救急車で運ばれる四日前に、それは途絶《とだ》えてしまっていた。

「手足が疼《うず》いて、つらい。一時間でも、痛みが止まってほしい！」

「元気な身体が欲しい！　みんなに迷惑をかけて……」

やがて、日を追うごとに、妻の叫びは悲痛になった。

「つらい、つらい！　くやしい、くやしい！　お父さん、ごめんなさい」

そして、とうとう、ペンを動かすことも出来なくなってしまった。

「もう、疲れました。家族に申し訳ない。お許し下さい。お許し下さい」

震える手で、気力をしぼって書いたのだろう、もうほとんど文字にはなっていなかった。

博士は、呻《うめ》くように、

「『お許し下さい』って、どうしてそんな他人行儀なことを言うんだよ。キミは、私の妻じゃあないか！」

そう言いながら、ふと気がついた。

〝ひょっとしてそれは、神様か仏様に対する、妻の願いが込められていたのではないか……〞
メモの中には、〝ありがとう〞や、〝ごめんなさい〞といった言葉が、まるで夜空の星のようにちりばめられている……。
それは、妻の病《やまい》に対する、壮絶な闘いの記録であるとともに、何かを求めてもがいた、心の軌跡《きせき》ではなかったのか……。

「そうだ、妻と私は、やっと再会したのだ！　若かったあの頃の、無垢《むく》な二人に戻って……」
博士は感慨《かんがい》深げに、記憶を辿《たど》っていた。
〝人生の後半になって、求めるものの違いから、お互いの心もバラバラのまま、それぞれの道を歩み始めていた……妻も悩み、私も苦しみながら……〞
そして博士は、あの不思議な声〝憐れなやつや〞に救われて、自《みずか》らの心を立て直すことが出来たのだ。

一方妻は、長年の心の澱《おり》を、遠慮《えんりょ》なく吐き出すことによって、純な姿に立ち返ったのだろう。

過酷《かこく》な闘病と介護の嵐の中でさえ、妻と博士は、どこか満ち足りたものさえ感じていたのだった。

「さあ、これから、二人の再出発だ！」

「そうね、お父さん」

そんなことを話し合っていた二人なのに……。

急転直下、あっと言う間に、別《わか》れが来ようとは……。

「何てことだ！」

人生の無常に、呆然《ぼうぜん》としていた博士だったけれど……。

「妻は私と共にある！」

いつか博士は、そんなふうに、自《みずか》らを納得させているのだった。

そして、彼はまた、こんなことも考えていた。

「妻が待っていてくれる所へ逝《い》くまでに、もう少し、人生に彩《いろど》りを添《そ》えておこう。そんな土産話《みやげばなし》を、彼女はきっと喜んでくれるに違いない」

参考図書

二人のキャンバス　―天国のキミへ―　発行・文芸社／著者・若林泰雄

あとがき

本編では主として三つのテーマを取りあげて、その実態と、課題解決への道筋を例示してみました。

㈠　遺《のこ》された夫の苦悩とその癒《いや》され方

「いずれ夫婦のどちらかが独《ひと》りになる」そんなことはよく分かっていたはずなのに、いざ現実のものとなってみると……。

悔恨《かいこん》の底無し沼でもがき、耐えがたい寂寥感《せきりょうかん》に圧《お》しつぶされてしまう。

そんな中で、「霊魂の存在」を信じ、「亡き妻への語りかけ」によって、いつか心の平安を取り戻していく夫の姿。

㈡　夫婦の間の心の亀裂とその修復

人生の後半になって、求めるものの相違から、やがて生じる夫婦の間の深い溝。

互いの苦悩に直面しながら、その克服につとめて、やがて少しずつ寄り合っていく夫婦の姿。

人生のキャンバスに、それぞれが、思い思いの絵を描くことを願って。

㈢　青少年問題を自己の体験から述懐

どんな時に、何が原因で、問題行動や事件が起こるのか。

そして、多くの青少年たちは、どのようにして暴走を食い止めているのだろうか。

自らの辛《つら》い経験をふり返って、抑止のヒントを求め、やっと見つけたのは、彼の場合、それは「なかま」と「文学」であった。

著者略歴

若林　泰雄（わかばやし　やすお）

1932年　大阪市生まれ
1943年　滋賀県に疎開
1956年　滋賀大学（教育学部）卒業
　　　　以後、滋賀県下の中学校に勤務
1985年　退職

既刊図書

二人のキャンバス　―天国のキミへ―（文芸社）
ボクの縄文時代（文芸社）
二人三脚　―中学生の指導現場から―
（サンライズ出版）

ロボ博士と妻 ―悔恨からの再生―

2000年７月15日　初版第１刷発行

著　者　若　林　泰　雄

発行者　若　林　泰　雄
滋賀県近江八幡市池田町４丁目10
〒523-0877　TEL/FAX.0748-33-1803

発売元　サンライズ出版
滋賀県彦根市鳥居本町655-1
〒522-0004　TEL.0749-22-0627

印　刷　サンライズ印刷株式会社

ISBN4-88325-207-8　C0095